Ressuscitar mamutes

Silvana Tavano

Ressuscitar mamutes

1ª reimpressão

autêntica contemporânea

EDITORAS RESPONSÁVEIS
Ana Elisa Ribeiro
Rafaela Lamas

PREPARAÇÃO
Sonia Junqueira

REVISÃO
Marina Guedes

CAPA
Bloco Gráfico

ILUSTRAÇÃO DE CAPA
"El fondo",
de Lilian Camelli

DIAGRAMAÇÃO
Guilherme Fagundes

Dados Internacionais de Catalogação na Publicação (CIP)
(Câmara Brasileira do Livro, SP, Brasil)

Tavano, Silvana
Ressuscitar mamutes / Silvana Tavano. -- 1. ed.; 1. reimp. -- Belo Horizonte : Autêntica Contemporânea, 2024.

ISBN 978-65-5928-403-0

1. Ficção brasileira I. Título.

24-198552 CDD-B869.3

Índices para catálogo sistemático:
1. Ficção : Literatura brasileira B869.3

Eliane de Freitas Leite - Bibliotecária - CRB 8/8415

A **AUTÊNTICA CONTEMPORÂNEA** É UMA EDITORA DO **GRUPO AUTÊNTICA** 

Belo Horizonte
Rua Carlos Turner, 420
Silveira . 31140-520
Belo Horizonte . MG
Tel.: (55 31) 3465 4500

São Paulo
Av. Paulista, 2.073 . Conjunto Nacional
Horsa I . Salas 404-406 . Bela Vista
01311-940 . São Paulo . SP
Tel.: (55 11) 3034 4468

www.grupoautentica.com.br
SAC: atendimentoleitor@grupoautentica.com.br

Para O.

Permafrost

Ressuscitar mamutes, ele disse, e eu achei que era uma pergunta. Desviei os olhos do livro aberto no meu colo para as imagens do documentário a que ele assistia na televisão – um cientista russo, ou norte-americano (talvez um russo falando em inglês), explicava de que forma os primos pré-históricos do elefante poderiam evitar que perigosas quantidades de gás metano contaminem a atmosfera, emergindo da tundra ártica que vem descongelando na velocidade em que as temperaturas globais aumentam. A ideia, dizia o cientista, é restaurar o ecossistema de pastoreio do Ártico, recriá-lo nos padrões da Era do Gelo no Hemisfério Norte, com estepes de tundra e turfeiras onde grandes animais, como os mamutes, pastariam na reserva batizada de Parque Pleistoceno, uma região tutelada por ecologistas da Estação Científica Nordeste de Chersky e do Instituto das Pastagens de Yakutsk, ao norte da Sibéria. Essa área de vinte quilômetros quadrados já abriga centenas de animais como iaques, alces, renas, bisões, vacas da Calmúquia, camelos, bois-almiscarados, que chegam a pesar quatrocentos quilos, e cavalos yakutianos, os únicos que conseguem sobreviver sob temperaturas extremas, em torno de quarenta graus negativos ou ainda menos, durante invernos que podem durar até sete meses. A esses, se juntariam os mamutes ressuscitados, herbívoros, como seus ancestrais, que comiam gramíneas, musgo, ervas, raízes, arbustos, casca e folhas de árvores, chegando a consumir duzentos e oitenta quilos de alimento por dia.

Esperei pelas imagens do parque, mas, em vez disso, outro cientista, este de Harvard, surgiu na tela falando do desenvolvimento da tecnologia de clonagem como esperança (aposta?) de recriar os mamutes-lanosos, mamíferos colossais com até cinco metros de altura, pesando entre cinco e dez toneladas. Não se tem certeza se sua extinção foi provocada pelo ataque constante de caçadores, por mudanças bruscas na temperatura da Terra ou se foram, quem sabe, vítimas de alguma terrível epidemia. Quase todos os mamutes desapareceram dez mil anos atrás, e apenas alguns grupos isolados sobreviveram por mais tempo – os últimos espécimes viveram há mais de quatro mil anos. Junto à megafauna existente, os novos mamutes recuperariam o ecossistema fertilizando o solo com seus excrementos abundantes e, principalmente, ajudariam a conter o degelo da tundra: dia após dia, suas poderosas pisadas garantiriam que o gelo permanecesse no subsolo, mantendo aprisionados os venenos que ameaçam o planeta – mais de quarenta bilhões de toneladas de gás metano e dióxido de carbono que poderão vir à tona nos próximos trinta anos.

Ressuscitar mamutes?, pergunto, incrédula, ouvindo a descrição do experimento com embriões híbridos, criados com o DNA recuperado de dentes e esqueletos de mamutes congelados no Ártico e com o do elefante-asiático, seu parente vivo mais próximo. Versão de um Frankenstein animal que desbancaria o do universo gótico de Mary Shelley, os mamofantes ainda não existem, mas já têm nome, e se juntariam às feras que hoje vivem nesse Jurassic Park com a missão de reverter a mudança climática que atingiu a região, evitando o derretimento do permafrost – o solo ártico que mantém, ou deveria manter, gases de efeito estufa enterrados sob uma espessa camada de gelo.

Busco informações assim que o programa termina e o Google me devolve mais de trezentos e treze mil resultados sobre o Parque Pleistoceno. Lá estão os cientistas do documentário e muitos outros envolvidos em pesquisas similares perseguindo a meta de reviver o passado fossilizado para criar um presente transgênico como solução do futuro. Descubro a Colossal Biosciences, criada em 2021 pelo empreendedor Ben Lamm e por George Church, professor de Genética da Harvard Medical School e especialista na área de biologia sintética, com a missão de "reconstruir a megafauna perdida e outras criaturas que tiveram impacto positivo nos nossos frágeis ecossistemas", informa o site da empresa. Além do dodô e do lobo-da-tasmânia, a Colossal pretende "desextinguir" – para usar o vocabulário da empresa – o mamute-lanoso, que colonizaria parte do território siberiano.

É fascinante, e hoje parece impossível, como pode ter sido, no final do século XVIII, a teoria do médico naturalista Edward Jenner, que desenvolveu a primeira vacina da História, contra a varíola; ou a lâmpada incandescente, no século XIX, a mais importante de todas as invenções do cientista Thomas Edison; ou, ainda, a ideia de usar micro-ondas para cozinhar alimentos, uma descoberta do norte-americano Percy Spencer que chegou ao mercado em 1947, com o forno de mais de trezentos quilos, batizado de Radarange. Restituir os mamutes à vida soa como ficção, como pareciam ser os foguetes espaciais, os marca-passos, as cirurgias robóticas e centenas de achados fantásticos que se tornaram banais – a internet, os celulares, o mapeamento genético do DNA. A visão quântica de um corpo ocupando vários lugares ao mesmo tempo ou a imagem de uma Galáxia Fantasma, a trinta e dois milhões de anos-luz, registrada pelas lentes do Telescópio Espacial James Webb, ainda parecem um tipo de mágica. A que talvez também recrie mamutes.

Ressuscitar passados, inventar futuros: ciência e literatura viajam no tempo dos sonhos para chegar ao impossível.

Instruções-exemplos sobre formas de viajar no tempo

[...] pequenos prodígios de invenção
em que a aparência da lógica,
fixada nos detalhes, quase se transforma
e se impõe como nova realidade.

Gloria Rodríguez, Prefácio de
Histórias de cronópios e de famas

Um milagre normal:
no silêncio da noite
o latido de cães invisíveis.

Wisława Szymborska, "Feira dos milagres"

1.

Em 2019, durante as escavações de rotina para limpar o terreno que daria espaço ao Aeroporto Internacional Felipe Ángeles (AIFA), na região de Santa Lucía, Cidade do México, os trabalhos foram interrompidos por um incrível achado, convocando arqueólogos a ocuparem o lugar dos engenheiros. Entre o que seria a torre de controle e uma das pistas do aeroporto, encobertas por profundas camadas de terra, foram encontradas ossadas de seres humanos e de sessenta mamutes da espécie *Mammuthus columbi,* de mais de onze mil anos atrás, identificados pelo Instituto Nacional de Antropología e Historia (INAH). Meses depois, a menos de vinte quilômetros do canteiro de obras do aeroporto, novas escavações revelaram outras centenas de fósseis pré-históricos: até o momento foram encontrados esqueletos de setecentos e um mamutes, duzentos e quarenta e oito camelos, setenta e dois cavalos, dois tigres-dentes-de-sabre e de cerca de cem outras espécies, entre roedores, peixes e gliptodontes, os imensos tatus do Pleistoceno.

Construído sobre esse fantástico sítio arqueológico, o Museo Paleontológico de Santa Lucía Quinametzin foi inaugurado em fevereiro de 2022, cunhando no nome a palavra que significa "gigante" em náuatle, a língua asteca originária, hoje praticamente extinta dos territórios nos quais era falada – grande parte do México e de vários países da América Central. Duas a três horas são suficientes para percorrer com calma as seis salas que reconstroem o ambiente e a história da fauna originária dessa região, conhecida como Cuenca de México, a depressão onde, há milhares de anos, existia o grande Xaltocan, o antigo lago em torno do qual a vida de então se desenvolveu.

Há quem passe mais tempo entre as salas 4 e 5, no espaço batizado de Pasillo del Pleistoceno, mergulhando na floresta povoada pelas esculturas de Sergio de la Rosa, impressionantes reproduções da megafauna que ali vivia. As crianças arregalam os olhos diante do imenso *Arctodus*, um dos maiores ursos que já existiram, e soltam gritinhos, excitadas, apontando para a assustadora *Panthera atrox*, um megafelino bem maior do que os atuais leões-africanos. Já os adultos, em sua maioria, cruzam esse espaço como se estivessem em um parque de diversões. Mas há quem se deixe levar pelos sons da natureza sincronizados ao jogo de luzes que simula o transcorrer das horas às margens do lago Xaltocan. Acompanha-se, assim, os passos dos animais diurnos e noturnos, emulando os sons da fauna extinta com os da fauna recente: corujas e pássaros noturnos povoam os sons da noite; o rugido do puma imita o do tigre-dentes-de-sabre; e o bramido de um elefante-asiático simula o do mamute-columbiano. Diante desse mamute, e apenas com os que olham para o alto, inclinando a cabeça por exatos vinte e um segundos, pode acontecer o que parece um sonho: percebendo-se de repente em outra paisagem, algumas pessoas sentem os pés afundando na água lamacenta e, com o corpo enrijecido pelo vento gelado que chacoalha pinheiros, carvalhos e freixos, antecipam o despertar de um vulcão fincado no limite distante da serra. Quem frui da experiência, permanece ali por algum tempo. Mas os que olham ao redor com assombro retornam imediatamente ao lugar de antes e, ainda atordoados, reconhecem o mamute empalhado, com suas exuberantes presas apontando para o céu, e, ao fundo, a pintura de uma montanha envolta em fumaça. Quando deixam o museu, seus pés ainda estão estranhamente úmidos.

2.

Também no México, e por outro acaso, a Cueva de los Cristales foi descoberta quando mineradores perfuravam a falha de Naica, no estado de Chihuahua. Formado há mais de quinhentos mil anos, o cenário é deslumbrante, exibindo uma verdadeira floresta de enormes cristais naturais, os maiores já encontrados no mundo, um deles com cinco metros de diâmetro e onze de comprimento. Infelizmente, o ambiente hostil – temperaturas altíssimas, umidade relativa do ar atingindo de noventa a cem por cento e riscos de todo o tipo – proíbe a entrada de visitantes: sem equipamento especial, não é possível suportar mais do que cinco minutos no interior da caverna, a trezentos metros de profundidade. Toda essa beleza submersa só pode ser contemplada por meio das fotos e dos filmes realizados por cientistas e exploradores. Apesar disso, sempre há curiosos por perto e, a cerca de quinhentos metros ao norte do complexo mineiro, entre as rochas de uma formação aparentemente comum, existe uma pedra em formato de ovo. Há quem afirme que pessoas que tocaram essa pedra durante o crepúsculo desapareceram quase sem deixar pistas. Segundo consta, familiares e amigos próximos de alguns desses desaparecidos relataram mensagens recebidas em sonhos que se repetem a cada dois ou três meses. Neles, os entes queridos sempre estão nus e acenam do fundo de uma gruta iluminada. Intrigante é que todos os sonhadores descrevem paisagens simulares e, com variações mínimas, se referem a um número: no sonho de alguns, surge como imagem; já outros relatam uma sensação, mas sempre a ideia de um número ligado ao tempo (impreciso só nos três últimos dígitos – 3648, 3486, 3864, talvez 3468), sugerindo o que poderia ser o ano de algum século do quarto milênio.

3.

O acesso é restrito, mas dizem que, por algumas centenas de euros, é possível contratar um barqueiro e, driblando a proibição do governo italiano, visitar a ilha de Poveglia, a poucos quilômetros dos palacetes do Grande Canal de Veneza. Por ter abrigado milhares de doentes durante a peste bubônica (diz a lenda que a ilha hospedou mais de cento e sessenta mil pessoas nos limites de seus dezessete acres), Poveglia foi, durante muito tempo, um dos antigos *lazzaretti* como eram chamados os locais onde viajantes suspeitos eram isolados durante quarenta dias, originando o termo quarentena. Como se não bastasse, na década de 1920, no que originalmente seria uma casa de repouso para idosos, instalou-se uma instituição psiquiátrica, que teria sediado experiências horripilantes antes do seu fechamento, em 1968. Envolvida em histórias macabras, Poveglia é conhecida como ilha maldita, e há quem garanta que o lugar é assombrado pelos fantasmas das vítimas da pandemia e dos loucos ali sepultados. Na tentativa de apagar os rastros desse passado, em 2017 o governo decidiu leiloar a ilha, e o empresário italiano e agora prefeito de Veneza Luigi Brugnaro adquiriu o direito de explorar o local por noventa e nove anos.

É possível que, no futuro, Poveglia abrigue um hotel de luxo e se torne um destino de charme. Mas por enquanto tudo por ali são ruínas tomadas pela vegetação, e o mistério que ronda o lugar persiste: os visitantes que burlam as proibições e se atrevem a subir ao topo do que foi a torre de uma igreja do século XII (posteriormente transformada em farol, no século XIX) relatam sensações insólitas, como se transportados aos primórdios daquele pedaço de terra cercado pelas águas do Adriático. Ao regressar, muitos afirmam ter visto, lá do alto, dinossauros de várias espécies movendo-se lentamente entre árvores gigantescas.

4.

Em 1958, a revista *National Geographic* publicou uma foto da que talvez seja a árvore mais antiga do mundo, um pinheiro da espécie *Pinus balfouriana* que vinha sendo estudado pelo dendrocronologista norte-americano Edmund Schulman. Batizada de Matusalém, a árvore vive há quase cinco mil anos na floresta nacional de Inyo, na Califórnia. Outro pinheiro igualmente longevo, conhecido como Prometheus, foi cortado em 1964 por um estudante de Geografia em Wheeler Peak, Nevada; e pesquisas recentes indicam que o Gran Abuelo, um imenso cipreste enraizado na Patagônia chilena, teria cinco mil e quatrocentos anos, mas essa idade ainda não foi comprovada.

Para proteger a saúde de Matusalém, mais do que nunca ameaçada pelas mudanças climáticas – altas temperaturas e o risco constante de incêndios florestais –, o Serviço Florestal omite sua localização dos turistas que percorrem a trilha Methuselah, e não só pelo receio de eventuais depredações. A morte prematura de Schulman, aos quarenta e nove anos, e de outros cientistas que pesquisaram pinheiros milenares, envolve Matusalém em lendas que correm de boca em boca, sempre ligadas a uma atmosfera sobrenatural e a maldições recaindo sobre todos os que se atrevem a tocar no mistério do tempo.

5.

De certos lugares, e na hora certa, é possível ver o passado e o futuro. A visão é mais nítida no Deserto do Atacama, no Chile; em Mauna Kea, no Havaí; ou, ainda, na Nova Zelândia, no Aoraki Mackenzie Dark Sky Reserve. Mas, de qualquer ponto do planeta em que a vida das cidades não ofusque o céu noturno, é possível ver estrelas que já não existem e estão lá. Nos observatórios astronômicos, turistas do mundo inteiro se deslumbram com o passado do Universo brilhando nas luzes que levam milhares de anos para chegar aqui. Porém somente alguns – poucos – se deixam capturar e embarcam em outro tipo de excursão. Continuam em meio ao grupo, e, como todos estão com os olhos no céu, quase ninguém percebe o que acontece com essas pessoas. Encravadas no globo ocular, duas estrelas ocupam o lugar das pupilas e brilham para dentro. Os relatos variam: alguns dizem ver o que já não existe existindo. Outros afirmam avistar claramente o que ainda não é sendo. De formas diferentes, todos relacionam a estranha experiência com a certeza de uma presença simultânea em todos os tempos ou no que seria um tempo uno e contínuo.

Invento viagens fantásticas relendo o "Manual de instruções", de Cortázar, a primeira parte de *Histórias de cronópios e de famas*, em uma edição de 1977. Na dedicatória, um amigo daquela época escreveu: "Bom ter por perto um cronópio como você (ou seria cronópia?)", e chego ao prefácio da tradutora Gloria Rodríguez, descrevendo brevemente o temperamento destes seres fantásticos: os famas são práticos, cautelosos e, acomodados, "embalsamam suas recordações". Penso em minha mãe, que talvez se encaixasse aí, mas nunca entre os cronópios, tipos que se deixam embalar pela poesia, desligados e indiferentes ao cotidiano, que "cantam como as cigarras e, quando cantam, esquecem tudo, perdem o que levam nos bolsos e até a conta dos dias". Mas Cortázar ainda descreve uma terceira categoria – as esperanças –, e aqui, sim, identifico a natureza da minha mãe, uma dessas criaturas que "[...] sedentárias, deixam-se viajar pelas coisas e pelos homens e são como estátuas que é preciso ir ver porque elas não vêm até nós".

Para ir até ela, é preciso narrar o impossível. Viajar pela palavra sânscrita *kalpa*, que contém a ideia de um tempo apenas intuído, que transcorre em uma grande escala cosmológica – o tempo da "passagem de milhões de anos no vazio infinito do espaço", como define a escritora Ella Frances Sanders em *Lost in Translation*, um livro-compêndio de palavras intraduzíveis. Viajar por *kalpa* em busca de outras vidas que não a dela – vidas que poderiam ter sido, antes e depois, um presente em que cabem todos os tempos.

Hojes

O tempo se dobra, ele disse,
querendo dizer que
à medida que o tempo passa
ele encolhe,
sob um calor extremo,
sob um frio extremo,
e o que é passado fica mais próximo.

Margaret Atwood, *A tenda*

É uma questão embaraçosa saber se,
sem alma, haveria tempo ou não.

Aristóteles

Hoje nasce do latim *hoc die* e significa "neste dia" ou, ainda, "o dia em que se está". Gosto mais do hoje traduzido pela língua tupi, não apenas como uma fração de tempo, mas como o espaço que cabe nesse tempo: *Kó 'ara pupé* é um lugar iluminado pelo sol – o tempo que acontece da aurora ao entardecer: hoje é dentro dessa claridade.

Mas hoje também é hojes. Um tempo largo, único e múltiplo, que tento abraçar no plural, e provavelmente falho. Existe palavra capaz de apreender o tempo se escrevo *aqui* pensando no que acabei de escrever e, ainda, no que virá em seguida?

O tempo é (também) a angústia da escrita.

Trinta ou até mais anos atrás, comprei um livro numa lojinha do SoHo, em Nova Iorque. Além do título – *Offrandes* – o formato de caderno chamou minha atenção, era diferente de tudo o que estava exposto ali. Talvez a loja já nem exista, mas o livro de Danielle e Olivier Föllmi sobrevive em bom estado, exceto pelos remendos na lombada, escondidos sob o volume sempre aberto, cada dia em uma nova página. É um calendário perpétuo, que recomeça toda vez que é 1º de janeiro e termina no mesmo 31 de dezembro, tanto faz o ano. Diferente dos calendários comuns, os dias não se relacionam a datas de um ano específico e trazem trezentas e sessenta e cinco mensagens de mestres budistas tibetanos, de diferentes escolas e épocas, e de seus discípulos ocidentais, inspirados por seus ensinamentos. São textos breves, um ou dois parágrafos, ao lado de fotos de belíssimas paisagens com pessoas e animais que as habitam, do Himalaia budista ao Tibete, da Índia ao Butão e Nepal. No calendário, o tempo circula girando na roda do Samsara, palavra sânscrita que significa "mundo" e contém a ideia de renascimento presente em quase todas as religiões indianas – a ciclicidade de tudo o que existe, nascer, viver, morrer, renascer e outra vez viver, morrer e renascer num movimento que só é interrompido, para os que creem, quando se atinge a Iluminação.

Emulando o eterno retorno, o calendário tem marcado meus dias desde então e, ano após ano, a cada manhã passo pela mesa do corredor a caminho da cozinha e viro a página sem prestar atenção, numa rotina interrompida por uma ou outra viagem e, de vez em quando, pela pressa imposta pelo outro calendário.

Quase nunca paro ali, mas às vezes acontece: a imagem diz "bom dia", uma palavra puxa o olhar e o que certamente já li mais de uma vez reaparece com letras novas. Num dia qualquer do mês de agosto, o calendário me detém: "*Nous n'avons que l'instant présent, que cet unique et éternel instant s'ouvrant et se déployant sous nos yeux, jour et nuit*".* Releio, levo o livro para minha mesa e digito a frase na tela do computador, mas, enquanto escrevo, me dou conta de que o instante já passou, e o presente – essa sucessão de

* "Não temos nada além do instante presente, este único e eterno instante se abrindo e se revelando diante de nossos olhos, dia e noite" (em tradução livre).

instantes únicos – desaparece como uma palavra-miragem, escapa como o sonho de uma noite antiga. Do pouco que resta daquele sonho, ainda sei: era ela do meu lado, as duas em pé na calçada de uma rua movimentada, olhando para uma casa de três andares, e, sem que ninguém falasse, eu ouvia minha mãe dizer: é pena, mas você não pode ir comigo até o terceiro andar. Ela não olha para trás enquanto se dirige à porta de entrada. Sei que aconteceram outras coisas, mas não consigo reconstruir o sonho, cada instante seguinte e todos os outros são preenchidos por memórias embaralhadas, projeções e fantasias sombreando os espaços dentro da claridade: passados e futuros se inscrevem no sonho e na vigília, tudo acaba rápido como cada segundo que passa. Acordo emaranhada num plural de hojes.

O que ressurge nem sempre é o que foi. Dia e noite, as recordações flutuam no tempo do inconsciente e vão sendo constantemente reconstruídas, ideia que Freud iluminou com o conceito psicanalítico de *Nachträglichkeit*, em alemão, ou *après-coup*, em francês: a memória que se reorganiza a partir de novas experiências, um passado móvel remodelado pela psique, recriando imagens que assumem outros sentidos no presente. Como pontas de um iceberg, cenas que o trauma congelou emergem, compactadas em paisagens desconhecidas: a filha que não consegue entrar no mundo da mãe; a mãe inacessível durante a vida e na morte – minha mãe acenando de uma casa desconhecida, que só consigo vislumbrar de fora.

Parece impossível estar no agora, nesse momento eterno se revelando diante de nossos olhos, dia e noite, e a própria mensagem do calendário me transporta para um momento que foi único, mas que, de alguma forma, volta a acontecer. Porque o que ressurge também pode ser exatamente o que foi, como se o tempo não existisse.

A impressão fixada em um momento já vivido se instaura no presente – essas preciosas fagulhas de existência real – e me colocam num loop eterno: de repente, hoje é um mesmo dia antigo, no preciso instante em que o menino olhou para mim daquele jeito sério.

[Lembro: tinha imaginado o nosso primeiro encontro de tantas maneiras, nunca tão silencioso, quase solene. Eram 11h10, e não sei se por minutos ou menos que isso nos encaramos com estranheza, ainda sob o impacto de termos sido separados. Agora éramos dois e, diferentemente do que eu acreditava, o amor não explodiu, óbvio, nada foi imediato. O cordão que nos unia numa intimidade absoluta tinha sido cortado, nossos olhares eram puro espanto. Precisávamos de tempo para tecer outro cordão, o fio invisível que trançaria permanentemente um laço macio e elástico.]

Hoje ele entra em casa, joga as chaves na mesa sem notar o calendário aberto, cumprimenta os gatos e, ao passar pelo escritório, diz olá, me encarando daquele mesmo jeito sério: são 11h10, estou na maternidade olhando para meu filho pela primeira vez.

Não é um *déjà vu*, tampouco uma lembrança. É um tempo simultâneo, o antes acontecendo no agora, o mosaico de presentes sobrepostos retratado pelo pensamento de Santo Agostinho, em suas *Confissões*: "O que, porém, é agora cristalino e claro é que não existem coisas futuras, nem passadas, nem propriamente se diz que três são os tempos – passado, presente e futuro. Mas talvez se diga com propriedade que há três tempos – o presente do passado, o presente do presente e o presente do futuro. Esses três tempos existem de algum modo na alma, e em outro lugar não os vejo. O presente do passado é a memória, o presente do presente é a contemplação e o presente do futuro é a expectativa".

Ontem é hoje: são três da tarde, estou em casa olhando para meu filho outra vez.

Mas o passado também pode reaparecer continuamente como uma espécie de maldição autoimposta. Deuses irados se apropriam do inconsciente e ameaçam: a tragédia vai se repetir. Funciona como um pensamento enfeitiçado por ideias nefastas, que transformam o passado em destino, inescapável, moldando o presente e determinando o futuro. A mesma ideia no verso da poeta argentina Laura Wittner – "Esta obscura intrusão da velha catástrofe" – me leva a hojes assombrados por uma ameaça predestinada, que se impõe como fantasia recorrente: a mãe da minha mãe, ela e suas irmãs, todas morrendo pouco antes ou logo depois dos setenta. Eu, o próximo elo dessa corrente?

O livro dos dias me salva da maldição. A corrente se quebra quando encontro ali uma mensagem que leio como se fosse a primeira vez. Então me dou conta de estar e não estar no mesmo lugar, de ser a mesma, mas também outra, como os dias que pairam sobre o tempo do calendário perpétuo – ano após ano, o dia antigo em que minha mãe morreu se repete igual e diferente, como tudo o que ressuscita.

Descongelar o tempo

Morrer acontece
com o que é breve e passa
sem deixar vestígio.
Mãe, na sua graça,
é eternidade.

Carlos Drummond de Andrade, "Para sempre"

[...] ser capaz de me lembrar [...]
entre outras coisas menos nobres,
menos bonitas, menos sãs,
e saber: amor ainda assim.

Adriana Lisboa, *Todo o tempo que existe*

Mãe

Com ela, aprendi a ler o desamparo.

Os gestos imprecisos como frases inacabadas, os passos hesitantes que pareciam temer o chão. Era uma mulher encolhida, no peito afundado a respiração suficiente para viver em modo mínimo. Mesmo quando sorria, a insegurança de tudo continuava ali, tatuada nos dois traços que separavam as sobrancelhas como parênteses invertidos, rugas profundas no rosto ainda jovem.

Ela tinha vinte e cinco anos quando nasci, mas desde que me lembro minha mãe nunca foi jovem e, por mais que eu perguntasse, não falava quase nada sobre a infância e a juventude, as poucas fotografias confirmando tempos que por algum motivo não mereceram registro. Desconversava como se nada daquela época tivesse importância, mas desconfio que tenha sido ruim, talvez ruim demais. Tinha vinte e três anos quando conheceu o único homem de sua vida, casou aos vinte e quatro, e o nome de solteira desapareceu de todos os documentos – o antes, oficialmente extinto, não cabia no presente, menos ainda num futuro que logo se anunciava com novas paisagens: eu, três meses depois do casamento, já semente no corpo dela.

Às vezes penso que minha mãe começou a existir junto comigo. Ela me trouxe à luz, e provavelmente iluminei a infância de uma união que cedo se mostrou desastrosa. Acho que naquela época ela quase foi feliz, ou ao menos experimentou prazeres que lhe tinham sido negados. Ainda assim, a dor sempre esteve lá – uma solidão antiga, a sensação de fracasso, o não lugar no mundo. Tudo dentro dela.

Ando pela cidade tentando reconstituir minha infância, busco a fachada de antigos casarões enterrada sob viadutos e arranha-céus; não consigo lembrar como eram os portões nem refazer os contornos dos jardins, não tenho certeza da cor das paredes, mas sei que tudo aquilo existiu. Ela também sabia: existiu a menina, a mais nova de cinco irmãs, filhas de imigrantes italianos que aqui recomeçaram do zero sem chegar muito longe, o dinheiro sempre justo para o mínimo, nunca um vestido novo, uma boneca que já não tivesse sido das irmãs. Existiu a moça bonita que, diferentemente das outras, não estava sorrindo na fotografia de formatura na antiga Escola Normal Caetano de Campos. Existiu a jovem submissa ao pai, impedida de sonhar com uma profissão. Existiu a mulher que acreditava na promessa de felicidade que só o casamento poderia realizar. (Quantas, como ela, foram caladas pelas vozes que comandavam aquele mundo?)

Talvez preferisse esquecer, mas todos aqueles tempos estavam nela, e pelos olhos esmaecidos da minha mãe eu enxergava a tristeza.

Nenhuma testemunha para me contar do passado dela. Pais, irmãs, a única amiga de infância que conheci, todos mortos. Só sei do que vivemos juntas, ou do que acho que vivemos – como ter certeza de que foi o mesmo para ela? Guardei cenas, impressões, informações nem sempre boas. Mas, diferentemente dela, não quero me esquecer de nada, porque o esquecimento a faria desaparecer, como se nunca tivesse existido. Sou a prova de que minha mãe existiu.

No início do livro *Duas vidas*, o escritor italiano Emanuele Trevi conta de um amigo que ao longo dos anos foi se tornando mais e mais parecido com o próprio nome. Rocco – que, em italiano, remete ao som da palavra *roccia* (pedra) – era rígido e obstinado, temperamento que, segundo Trevi, casava com "sua fisionomia áspera e seus traços marcantes". Como se não bastasse, Carbone, carvão em italiano, dava sobrenome à personalidade do amigo.

Procuro em um desses dicionários de nomes próprios e descubro que o nome dela significa "santa, sublime, consagrada a Deus". Um nome sem correspondente masculino, conectado à imagem da mulher que inspira dignidade, respeito, bondade. Faz todo o sentido pensar nela assim, e agora me dou conta de que meu pai tinha toda a razão. Duvido que algum dia ele tenha se interessado pela origem dos nomes, mas, por intuição (ou culpa?), sempre que falava da ex-mulher recorria ao aposto: "uma santa".

Talvez antes mesmo de experimentar a vida e descobrir quem gostaria de ser, minha mãe já se parecesse com o nome que escolheram para ela. Um nome que soava como destino.

A memória é colorida pela invenção. Encobrimos o que se apagou com os tons da imaginação, uma paleta de cores que refaz pessoas e cenários entre pinceladas de calma ou de fúria, com texturas ora aveludadas, ora vibrantes, retoques de última hora, às vezes sombrios. Mas quantas nuances se perdem quando tentamos recuperar uma tela do passado?

E como lidar com a suspeita de que outras versões dessa tela possam existir sob a imagem que vemos hoje? Obras de arte antes intocáveis, que nenhum restaurador ousaria raspar além do necessário em uma eventual limpeza, arriscando-se a danos de milhões de dólares, agora se revelam à luz da inteligência artificial. Em 2019, pesquisadores descobriram o rosto de uma mulher por baixo do *Retrato de uma jovem*, tela que Modigliani pintou por volta de 1917. A imagem que o artista teria tentado esconder possivelmente é a da escritora inglesa Beatrice Hastings, retratada em outras telas, com quem Modigliani já tinha rompido naquela época. Um rosto que voltou a existir em 2019, reconstruído em impressões 3-D. E então reencontro a palavra "pentimento" numa crônica do psicanalista e escritor Contardo Calligaris, publicada em 2011 no jornal *Folha de S.Paulo*: "é a palavra italiana para arrependimento, mas designa (em muitas línguas) uma pintura, um desenho ou um esboço encoberto pela versão final do quadro [...]. Visível ou não, o pentimento faz parte do quadro [...]. São restos do passado que, escondidos e não apagados, transparecem no presente, como potencialidades que não foram realizadas, mas que, mesmo assim, integram a nossa história".

Na nossa tela mental, quadros do passado podem ter sido falsificados pela tinta fresca do presente. Mas em algum lugar, dentro de nós, restam traços do original. Persigo esses rastros para me guiar pela vida da minha mãe e, se me aproprio de incertezas para pintar um retrato, se alguns traços não são exatamente iguais, é possível que eu não esteja falando só dela, ou talvez seja sobre o que dela vive em mim: meus pentimentos contaminando o passado da minha mãe e o meu presente.

"E o que se pode fazer com o legado de nossos pais quando é um legado que humilha, mas é o único que nos resta? Chega-se a um acordo. Reescreve-se. Profanam-se as suas tumbas", diz a escritora espanhola Aixa de la Cruz em seu livro *Mudar de ideia*. Reescrevo para me apaziguar e, quem sabe, descortinar o que ainda existe debaixo de tantas camadas. Reescrevo para descobrir ao menos um esboço do que ela pode ter sido.

Das coisas parecidas: o formato dos dedos dos pés, a mesma curva moldando os dedões, os únicos que têm nome, háluxes. Os outros são apenas dedos, o segundo, o terceiro, o quarto e o quinto, o dedinho – só este, além do primeiro, com direito a apelido. Nossos háluxes, os meus e os da minha mãe, entortam ligeiramente na direção dos outros quatro dedos, retos, óbvios, quase sem personalidade, alinhados em fila decrescente. Também o contorno das unhas, iguais. As que revestem os dedões acompanham a curvatura da anatomia com falsa delicadeza – são grossas, difíceis de cortar, duras como conchas revestidas de carne. Conforme crescem, mergulham seus cantos na pele fina, que endurece para resistir e se faz rígida como uma segunda camada de unha sob a primeira. As bordas dos háluxes pressionam a carne: o calo é invisível, mas a dor é viva e grita, abafada sob a unha, as meias, os sapatos, acordando ao mais leve toque do lençol.

Mãe, para de cutucar. Não era bonito de ver, e muitas vezes eu via. Não dá pra aguentar, ela dizia. Era urgente, e ela não conseguia esperar a hora marcada com a podóloga. Então buscava os instrumentos na gaveta do banheiro – palitos de madeira, lixas, a tesourinha inadequada –, ajeitava uma cadeira perto da pia e, com as mãos armadas, dobrava o corpo numa posição desconfortável. Eu também via o alívio quando o primeiro pedaço de pele se descolava do interior da unha e intuía que aquele era o momento de parar, mas ela continuava a cavoucar, a boca entortando, tensa, olhos espremidos entre a unha e a carne, no limite entre dor e prazer. Ela explicava: tem que tirar tudo. Uma pelezinha que restasse provocaria a mesma dor latejante, e, não, agora tem de fazer direito, dizia, enfiando a ponta da tesoura até o fim, o rosto contorcido pela dor que talvez cutucasse feridas mais profundas. Mas já não era possível parar, e só quando o sangue brotava ela cedia, derrotada. Então se levantava, mancando, abria a gaveta que guardava pomadas antissépticas, gaze, esparadrapo, o kit completo para o curativo. Desmarcava a podóloga, porque já não seria possível mexer ali e nos dias seguintes ela se lamentaria. Mas o estrago estava feito e aconteceria de novo e de novo. Ainda acontece: "O que vive do passado no corpo que habitamos?", se pergunta a poeta Helena Zelic, e me vejo na mesma posição absurda, com a tesoura afiada pela raiva, buscando, às cegas, o núcleo duro do calo, a origem da dor mais profunda – onde?

Latejando sob as unhas dos meus dedos, tão parecidos com os dela, encontro a mesma dor, que tento anestesiar com outra dor. Às vezes sou minha mãe machucando os nossos dedos.

Ele me contou que a primeira vez era domingo. O homem que se tornaria meu pai tinha se instalado havia dois meses na pensão do bairro no qual ela morava. Não conhecia quase ninguém além dos poucos colegas, representantes de vendas, como ele. Era o seu primeiro emprego em São Paulo depois de um período no interior, na casa de parentes, para onde foi assim que desembarcou do vapor *San Giorgio*, no Porto de Santos, em 1951, vindo de Nápoles. Pouco mais de um ano trabalhando como faz-tudo na loja de bicicletas do tio, em Bauru, se deu conta de que precisava partir novamente;

tinha cruzado o oceano em busca de horizontes mais largos, muito além do que enxergava ali todos os dias, ao abrir e fechar as portas da loja. Entrou no ônibus sonhando com a cidade grande, movido pelo desejo de ser grande, ele também.

Nas noites solitárias de domingo, na porta da pensão, observava a movimentação da rua, todas aquelas pessoas que entravam numa igreja diferente das que conhecia. Católico não praticante, acreditava que Deus não tinha endereço. Não faria mal dar uma olhada, pensou e foi, ansioso por pertencer ao novo lugar, com sorte trocaria uma ou duas palavras com alguém, treinando seu português ainda tão limitado. Mais tarde contaria a ela que não tinha entendido quase nada, mas tinha se impressionado com a veemência do sacerdote, que pregava erguendo a Bíblia acima do púlpito, e, como não sabia o que fazer, ajoelhava, levantava e voltava a sentar imitando os homens ao seu lado. Também diria ter estranhado as paredes limpas, a luz branca cortando o espaço sem a suavidade das velas, nem mesmo um crucifixo no altar principal, tudo tão diferente da paróquia do seu vilarejo, tão simples, acolhendo a majestosa Madonna della Luce, a santa que todos os anos percorria as ruas da aldeia em procissão.

Naquele domingo, meus futuros pais estavam lá, no culto que ela frequentava desde menina. E ela me contou que foi Branca, a amiga com quem sempre ia à igreja, a primeira a notar o estranho sentado junto ao corredor, do lado dos homens, olhando para elas. Imagino minha mãe, na ala das mulheres, cabeça coberta com o véu transparente, olhar baixo, mãos em prece, e ele se ajeitando dentro do paletó fora de moda que tinha trazido na mala, presente do tio, que um dia tinha sido magro. Sobre aquela primeira vez, ela dizia ter baixado o rosto, que se avermelhou com o sorriso dele, reflexo da timidez e da mão firme de minha avó impondo uma religião em que tudo era pecado, o temor a um deus que falava de amor em tom de ameaça. Imagino o quanto essa primeira troca de olhares mexeu com ela enquanto o sacerdote pregava com voz de trovão.

Muitos anos depois, relembrando o início do namoro, ela ainda se emocionava. Disse que no domingo seguinte ele ficou à espera, na escadaria, e foi a amiga que a fez parar quando ele se aproximou. Ela acreditou: conhecer alguém na igreja só podia ser vontade de Deus. Então aceitou o convite para o suco na padaria, e todos os que vieram depois, domingo após domingo, ensinando novas palavras para o estrangeiro que ainda não se expressava com todas as letras, mas que sabia dizer promessas com os olhos. Ela se apaixonou, ele se sentiu acolhido pela família dela. Ela queria amor, um lar, filhos. Ele queria se fixar, e ela parecia ser um porto seguro. Sem avaliar a dor que isso nos causaria, foi ele quem nos disse, a mim e à minha irmã, anos depois da morte dela: foi a mulher mais pura, a melhor pessoa que eu conheci na vida, mas eu nunca amei a mãe de vocês.

Depois daquele primeiro olhar – para ela, aprovado por Deus; para ele, abençoado pela sorte –, namoraram por quase dois anos. O jovem imigrante trabalhou duro, juntou algum dinheiro e, com a ajuda do sogro e do tio, conseguiu comprar um sobradinho na mesma rua da pensão. Casaram-se. Nasci doze meses depois.

Muitas coisas eu não sei se aconteceram como hoje parece ter sido – o tempo dilui quase todas as certezas. Mas do que fica cravado no corpo não há do que duvidar.

Sei da dor lancinante que (aprendi com um dentista) é conhecida por GUNA, uma sigla que não abrevia os sintomas da gengivite ulcerativa necrosante aguda. É rara e, nos quadros mais graves, acontece quando o sistema imunológico está comprometido. Passada a crise, quis saber mais e descobri que essa infecção também era conhecida como "doença das trincheiras", pois mesmo sem ser contagiosa teria se espalhado entre os soldados em combate na Primeira Guerra e podia eclodir inesperadamente em fases de estresse físico e emocional. Lembro do estresse que produziu aquela dor. Lembro de uma mulher que me guiou pelas ruas de São Petersburgo, ela gesticulando em russo, eu agradecendo em português. Lembro do cheiro agridoce grudado nas paredes da pequena cozinha da minha avó, o perfume untuoso da banha de porco que fritava torresmos crocantes. Lembro do dedo áspero da cigana espanhola deslizando pela minha mão aberta, nós duas de pé, no canto de alguma rua em Barcelona, meus olhos ouvindo o futuro desenhado numa linha tênue. Lembro do locutor interrompendo a programação do rádio para dar a notícia do desastre: um Fokker 100 tinha acabado de cair sobre oito casas de uma rua em São Paulo, os bombeiros já ali, procurando sobreviventes do voo 3054; a queda tinha acontecido vinte e quatro segundos depois da decolagem, meia hora depois do recado que eu tinha deixado na secretária eletrônica de uma amiga muito amada, eu imaginando que ela ainda dormia e me desculpando pelo horário na gravação que ela não ouviu: acordei pensando em você, me liga. Lembro de nós com a turma de amigos, o champanhe em taças de plástico e nossos filhos acordados, brincando na beira de um riozinho em Mauá: o último minuto de 1999 anunciando o até então distante ano 2000. Lembro do tempo acelerando quando nascia uma criança, como ainda acontece cada vez que nascem crianças das crianças que vi nascer. Lembro do tempo congelando quando a palavra "positivo" me contou que eu seria mãe. Lembro da minha mãe na porta do quarto, me acordando nas manhãs da infância. Lembro do alô dela, todos os dias, sempre perto das quatro da tarde. Lembro da enfermeira exigindo que eu saísse da UTI, ela pedindo me leva pra casa, minutos antes de o coração parar. E lembro de tantas vezes meu pai indo embora.

A sala, os olhos da minha mãe, tudo ficava vazio e era sempre o fim. Naqueles dias, eu não tinha coragem de ir para a escola, um medo confuso me prendia em casa. Medo de que alguma coisa ruim pudesse acontecer. Sabia que a maluquice de limpar tudo começaria a qualquer momento. O chão da cozinha, as paredes da área de serviço, a pia do banheiro, ela esfregava todos os cantos num transe que durava horas e me deixava agoniada; eu olhava de longe, confusa – eu e minha agonia, invisíveis para ela, e acho que nem notava que eu não tinha ido para a escola. Do meu quarto, eu vigiava o vaivém dela pela casa, atenta aos barulhos que me contavam o que ela estava fazendo, o rugido do aspirador, uma torneira aberta, o ruído do pano mergulhando no balde eram sinais de que não ia acontecer nada além disto: minha mãe tentando se desgrudar da dor com detergente, mergulhada em mais uma daquelas faxinas intermináveis.

Ela não controlava o desespero, mas eu era pequena e na maior parte do tempo o mundo ainda era um faz de conta. Cada vez que ela resolvia mudar os móveis de lugar, começava uma grande brincadeira, eu podia fazer bagunça, mexer nos enfeites antes que ela os recolocasse simetricamente sobre a prateleira, pular no sofá enquanto ela decidia onde colocar a poltrona. Nem suspeitava de que aquele mexe-mexe era ela, desencaixada por dentro – e como eu poderia compreender que a cena que me trazia tanta liberdade era a mesma que aprisionava minha mãe aos seus demônios? Às vezes, era madrugada e eu acordava com os barulhos da casa.

Ela espalhando as roupas do armário pelo chão do quarto, lavando louça, empilhando os livros da estante em cima da mesa, visões que a memória embaralha numa infância de noites turbulentas. Olho para a menina olhando para a mãe: o corpo atrás da porta, olhos, testa e parte da cabeça se atrevendo pela fresta – eu encostada no batente da porta, minha mãe concentrada num jogo sem sentido.

Quando ele se foi de vez, eu tinha doze anos; minha irmã, dois. Já existia outra casa, outra mulher e a terceira filha a caminho. Dividido desde sempre, a certa altura ele achou por bem sair das nossas vidas. Durante muito tempo, meu pai foi só uma voz no telefone e a certeza das contas pagas.

[A terapeuta pergunta: e você, como você se sentia?

As palavras desaparecem. Quero e não quero chorar. Cruzo os braços sobre o peito, fecho os olhos, vejo o passado se estendendo sobre o meu corpo no divã.]

Enquanto lia, grifei muitos trechos do romance *A autobiografia da minha mãe*, de Jamaica Kincaid, um livro perturbador, com uma narradora – uma mulher caribenha – que busca se entender inventando uma espécie de testamento da mãe que ela nunca conheceu. Em certo momento, essa narradora diz: "Não se pode confiar em uma lembrança, pois muito da experiência do passado é determinado pela experiência do presente", e é a partir da minha experiência que a frase reanima um presente de muitos anos atrás, a cena que se fixou em mim com a pergunta de antes e ainda: os medos que rondavam aquela época teriam deformado o que vi?

Eu estava no meu quarto, era madrugada. Acordei com sede e levantei para tomar um copo de água, mas, antes de chegar à cozinha, parei no meio da sala quando vi minha mãe. Nenhuma luz acesa, a noite escura entrando pela janela aberta, eu sonolenta, e ela ali, as mãos cravadas nos trincos das duas folhas de vidro, o tronco inclinado sobre os trilhos. Mãe, o que você tá fazendo aí? Meu susto endireitou o corpo dela no mesmo instante, ou teria sido diferente se eu não aparecesse naquele momento? Sem dizer nada, ainda de costas para mim, ela fechou a janela, puxou as cortinas e só então respondeu com outra pergunta: o que você está fazendo acordada a esta hora? Não sei se cheguei a dizer alguma coisa, não sei se consegui dormir naquela noite, não sei se foi um pesadelo, se ela me fez acreditar que tinha sido um pesadelo.

Isso e tanto mais que ainda hoje eu gostaria de saber para ser fiel às cenas que vivemos juntas: não sei se ela voltava para casa ou ficava me esperando na saleta enquanto dona Clarice me obrigava a ler a partitura de "Für Elise" naquelas aulas de piano que eu odiava. Se as sibipirunas que sombreavam as calçadas do nosso bairro eram mesmo enormes e tão altas. Se foram dois ou três os bebês que ela perdeu até minha irmã nascer. Se era eu ou ela que inventava o desejo do doce de chocolate decorado com a cereja cristalizada na confeitaria que ficava ao lado da boate Mustache. Se foram meses ou anos com os olhos dela inchados de choro. Não sei se o que eu vi naquela madrugada poderia ter acontecido. Como confiar na narrativa de um pesadelo?

Pequeno inventário do que ainda posso tocar: o leque de osso que ela trouxe de Verona; a cara emburrada na foto da carteira de identidade; a caixinha guardando um lenço rendado e a pequena figa (um dos muitos talismãs que espalhavam sorte pela casa); o bloco de notas com o lembrete anotado pela letra redonda na folha não arrancada; o prato de bolo dos dias de festa; o paliteiro de prata e a camponesa de bronze (nunca usada como sineta de mesa); o broche de ouro em forma de folha, que ela colocava na lapela do blazer; o brinquinho de pérolas, sempre nela; e, no anelar da mão direita, o chuveiro de diamantes, que só saía do estojo em ocasiões muito especiais; o curvador de cílios; um pente-fivela de plástico, a camisa de seda em tons de azul e verde, pendurada entre as minhas.

Lembro de nós, às vezes. Os sábados em que ela desligava a televisão e corríamos para a varanda do sobradinho – ainda morávamos no Sumaré – à espera da saída dos artistas que, naquela tarde, teriam participado do *Almoço com as Estrelas*. Aírton e Lolita Rodrigues sempre eram os primeiros a deixar o prédio da TV Tupi, e ver os apresentadores passando na frente da nossa casa não era novidade. A graça era aguardar a saída dos famosos de então, gente do teatro, das novelas, da música. Olha, ela é mais baixinha do que eu, como a televisão engana! Ela prestando atenção no penteado, nas roupas, no jeito de andar, e eu, com três ou quatro anos, fascinada com a mágica, as pessoas que saíam da caixa na sala surgindo na nossa calçada.

Por mais que me esforce, nada reaparece dos quinze dias em que cruzamos o Atlântico a bordo do *Giulio Cesare*, e olho para o único registro daquela travessia, uma noite de festa com meu pai na cabeceira, ela e eu do lado direito da mesa, os três sérios e um tanto ridículos com os chapeuzinhos de cone de papelão presos ao queixo por um elástico fininho, os pompons de papel laminado que não brilham na fotografia em branco e preto. Ela vestia uma saia plissada, um dos seus conjuntos de blusa e casaquinho de *ban-lon* (ela tinha vários, todos em tons pastel), dois fios de pérolas em volta do pescoço, o braço por cima dos meus ombros enquanto o navio cruzava a Linha do Equador.

E ainda vejo: minha mãe sentada em cima de uma almofada, as pontas dos dedos dos pés tentando alcançar a embreagem, a marcha arranhando e meu pai nervoso com os solavancos do Opala recém-comprado (ela nem chegou a tentar a autoescola). Furiosa, entrando no meu quarto de adolescente com o maço de Minister resgatado do armário que cobria o aquecedor do banheiro (e eu, perplexa, me perguntando como aquele esconderijo perfeito tinha sido descoberto). Ela, colocando sabonetes perfumados (que nunca usávamos) e pedaços de giz branco em todas as gavetas para "espantar a umidade e roupas com cheiro de mofo". Me aconselhando a não assistir *O pianista* porque o filme era "triste demais". A mão dela na minha orelha, em todos os aniversários, um puxão caprichado para cada ano. Me pedindo um número, rápido!, toda vez que um zumbido acordava o ouvido, e o número virava letra do alfabeto, a inicial de alguém que estaria falando dela naquela hora (falando mal se o chiado viesse da orelha esquerda, ou bem se fosse na direita). Cada vez que é 1º de abril, lembro dela pregando peças pelo telefone, sempre uma bobagem, um boato divertido, a notícia espantosa – eu caía na conversa, esquecida da brincadeira, e ela vibrava feito criança gritando: 1º de abril!

Se pesco um cílio colado no rosto, penso em minha mãe convidando meu polegar para grudar no dela: de olhos fechados, fazíamos um pedido antes de separar os dedos para ver com quem o pelinho tinha ficado; se era ela a premiada, meu cílio se misturava nos seus cabelos para que o desejo "colasse nos pensamentos".

Sempre é ela no vento que entra espirrando pela janela (olha essa corrente de ar!). Sempre é dela a melancolia que me visita todo Natal.

No segundo domingo de maio de 2003, convidei minha mãe para almoçar em casa, com meu filho e meu companheiro. Telefonei logo cedo, e ela, que detestava cozinhar, aceitou meio contrariada: mas você vai se enfiar na cozinha hoje? Como se o que, para ela, seria um suplício não pudesse ser um prazer para mim. Mãe, hoje é impossível encarar um restaurante, eu disse, frustrando o programa predileto dela – comer bem e de preferência longe do próprio fogão. Foi o último Dia das Mães com ela.

A mesa já estava posta, um robalo no forno, e eu experimentando a textura do arroz para tirar o risoto do fogo na hora certa. Ela se aproximou da panela, *hmm*... que cheiro bom, do que é? Limão-siciliano, você gosta? Tá com uma cara ótima, você aprendeu a fazer pratos deliciosos! E não foi com você que aprendi, né, mãe? Nem o seu ovo frito era comível. Ela deu as costas, não teria como se defender se eu começasse a enumerar seus desastres culinários mais famosos – o bife-pedra, o arroz sempre empapado, espaguetes *al dente* (de leite) com molho de tomate aguado, quase tudo à base de alho e cebola, os únicos temperos na sua culinária.

Estava desligando o fogo quando ela reapareceu na cozinha, trouxe um presente pra você. *Xi*, eu não comprei nada, meu presente é o almoço. Larguei tudo e desembrulhei o pacote com cuidado – que papel lindo, vou guardar –, descobrindo três latas com folhas secas aromatizadas com sândalo, limão e rosas. As latas estavam amarradas por um barbante, que prendia ao laço um cartãozinho em forma de coração, e ali a frase impressa em letras coloridas: "Para a melhor mãe do mundo".

Palavras que fui naquele momento: surpresa, angústia, comoção, trampolim, embaraço, maresia. Nos misturamos num abraço desajeitado, mas hoje sinto que ali cabiam muitas de nós, mães e filhas.

E então a foto. Meu filho pedindo para que nos aproximássemos, o dia da mãe e da *nonna* enquadrado na lente dos seus oito anos, as taças de sorvete vazias sobre a mesa. Quando a foto foi revelada, recortei nossas imagens, a tesoura descartando tudo o que não precisava ser guardado: ficamos só nós duas, meu braço por cima dos ombros dela, nossos rostos colados nessa última fotografia.

A cara do pai era o que todos viam na menina, na adolescente e na mulher que fui até alguns anos atrás. O rosto da mãe foi aparecendo aos poucos – a flacidez mais acentuada do lado esquerdo, as sobrancelhas menos densas, rugas que inventam tristeza quando a boca não contraria com o sorriso. É como se ela emergisse de dentro, da camada mais profunda da pele, modificando os traços herdados do pai. Reconheço minha mãe envelhecendo em mim.

Aos quinze anos, meus dentes do siso ainda não tinham aparecido. Mesmo sem eles, não havia espaço suficiente para oito incisivos, quatro caninos, oito pré-molares e oito molares. Muitos e grandes, os dentes se encavalaram desalinhando os caminhos da adolescência. Tive de extrair dois pré-molares superiores e dois inferiores para abrir espaço na arcada antes de colocar o aparelho fixo que usei por quatro anos. Os sisos nem tiveram chance – foram extraídos antes que despontassem. Com a ajuda de elásticos, os dentes se moveram com facilidade, ocupando os vãos que eu tentava esconder com a boca travada. Quando finalmente me livrei dos anéis metálicos, me senti recompensada pelo sacrifício: aos dezoito, minha autoestima brilhava nos dentes harmonicamente distribuídos nas arcadas. Mas a simetria perfeita não durou muito; de forma quase imperceptível, os dentes continuaram se mexendo, como se buscando a posição mais confortável num sofá. Nada que me incomodasse, por isso descartei a sugestão de outro dentista, muitos anos depois, propondo um aparelho móvel. Até porque seria um sacrifício inútil – o próprio dentista explicou que os dentes também têm memória e tendem a se rearranjar, o que me fez pensar nas coisas que também se reacomodam com o tempo, sensações que decantam e se reposicionam em lugares quietos da memória, talvez para não continuar machucando. Dentes ligeiramente tortos, que já não incomodam tanto.

Não é possível realinhar perfeitamente o passado. Também ele se move quanto mais avanço para o futuro, e hoje o rosto dela ressurge no meu mostrando detalhes que só a distância poderia iluminar. Algumas descobertas são perturbadoras; outras surpreendem com o que, antes, não era visível, provando que nenhum registro é imune ao tempo: há anos no mesmo porta-retratos, a fotografia do meu filho ainda de fralda no colo da avó de sessenta e quatro anos já não é só uma imagem banal de uma tarde qualquer. Quando fixei aquele momento, não sabia que estava fotografando a saudade.

Não quero me molhar, vou pra casa tomar banho. É o que ela diz quando a chamo para entrar comigo no mar. Tenho vontade de perguntar como seria esse banho seco, já que ela não quer se molhar, mas não me dou ao trabalho de fazer a piada, na verdade nem sei por que ainda me espanto com as coisas que ela diz. Não falo nada, não insisto com a tarde quente e o mar calmo se estendendo feito tapete macio, chamando a gente com palavras de espuma, pra quê, se ela não quer se molhar? Então levanto, quieta, indecisa debaixo do guarda-sol, piso com cuidado em pequenas dunas de areia fina, eu mesma já não sei se quero nadar e fico ali à toa, me concentro no meu dedão que enrosca no que parece ser a alça de um balde de plástico, pensando em como a alça se separou do balde, quanto peso ela não teria aguentado antes disso, e olho em volta, talvez o balde ainda esteja por perto, quem sabe abandonado pela criança que brincava por lá. Ao mesmo tempo, enfio o pé na areia com força, a poucos centímetros de profundidade encontro um frescor, a areia úmida gruda entre os dedos e meu pé afunda mais, se lambuza da aspereza refrescante dessa cova improvisada onde poderia ficar se morresse, mas é lá que consegue respirar e, num salto, emerge, vivo, e me leva na direção do mar.

Volto depois de um tempo que não sei medir, um tempo que se alargou, líquido, um tempo azul que me lavou das coisas que não entendo, ou entendo mas não aceito, só finjo que entendo e justifico – sempre justifico minha mãe –, olhando para ela sentada na cadeira de praia reclinável, que agora está quase no centro do círculo de uma sombra abafada, ela acanhada, mais uma vez arrumando os peitos que saltam do decote, os olhos espremidos atrás das lentes escuras, os desejos reprimidos em algum lugar dentro do maiô seco. Ela olha para mim e diz: viu como a maré subiu enquanto você estava lá? Já, já o mar chega aqui, e ouço uma excitação infantil entre risos e gritinhos que escapam cada vez que uma onda mais valente avança, não é melhor a gente levar as cadeiras lá pra trás? Ela levanta, mas não se move, fala comigo sem tirar os olhos da areia que bebe a água, e vejo receio e curiosidade nesses olhos que sugam o mar cada vez mais próximo, querendo e não querendo que o mar venha, ela torce, mas teme o contato, ela sempre hesita, e eu sei, tenho certeza de que ela quer, ah, quer muito, mas não consegue, e então se vira, dobra a cadeira, contorce o corpo para calçar as sandálias, joga a canga sobre os ombros como um xale e se afasta saltitando na areia quente: traz o guarda-sol, não esquece da minha garrafa térmica, vem!

Vou. Empurrada pelo vento, vejo as folhas dos coqueiros se embaraçando como franjas, despenteadas, elas e eu. Olho para o azul pontilhado de brancos e adivinho uma chuva distante, onde? De longe, outra vez sentada na cadeira reclinável, agora plantada nos tufos de grama que invadem a praia, ela acena e aponta para a frente. Sobre o mar de repente acinzentado pelo horizonte escuro, um chuveiro gigantesco se desloca com rapidez, corre!, ela grita, e corro, enfio minha bolsa dentro do guarda-sol, prendo tudo debaixo de um braço, penduro a alça da geladeirinha no outro ombro e com as mãos livres vou recolhendo as coisas que ela abandonou ali. Tento carregar tudo enquanto ela simplesmente espera, naturalmente aflita, insuportavelmente irritante, debaixo da canga transformada num manto que cobre a cabeça e envolve o corpo miúdo – ela parece uma freira em hábito de praia, a imagem nasce com a raiva que ela provoca em mim fazendo o que faz, sendo quem ela é, frágil e egoísta, a mãe que dá à luz esses sentimentos confusos, os impulsos contraditórios de querer proteger e querer gritar me protege você! Por que é sempre assim nas horas de tempestade?

Quando me aproximo dela, paro, porque o temporal já explode sobre nós num jato contínuo, ruidoso, com força para lavar tudo o que dói. Ela desespera, mas não sai do lugar, se enrola na canga, repetindo corre, corre!, e parece não entender quando jogo tudo no chão e me ofereço à chuva sem resistência.

E eu, que não queria me molhar, ela diz e começa a rir, a canga já encharcada tatuando a pele com flores murchas. Ainda reluta, leva um momento para se livrar do pano inútil, num último esforço cruza as mãos na testa tentando proteger os olhos que piscam gotas, mas logo desiste e faz um gesto de quem entrega os pontos: abre os braços sem muita coragem, ainda é um sinal tímido de rendição. Relaxa, mãe! Não é uma ordem, mas ela obedece, devagar os ombros cedem, a rigidez dos joelhos cede, ela toda cede até finalmente se permitir o prazer inesperado para ela e para mim: nós duas na chuva brincando feito crianças. Dura pouco, um quase nada de eternidade – ainda hoje eu e ela e aquela chuva.

Peço à minha irmã: me conta uma recordação sua, um lugar, uma história, alguma coisa só de vocês, uma coisa feliz.

Ela estranha. Fica séria e, depois de um silêncio esticado, me devolve outra pergunta: feliz como?

Nada de especial, um momento gostoso de vocês duas, sei lá, rindo à toa.

Não sei, não consigo lembrar.

Ele estava de costas, uma mão segurando a porta do elevador, a outra virando a chave na fechadura. Me desculpem, só um minuto, e a frase soou feito música embalada pelo ritmo do sotaque português. Mas, assim que virou e nos viu – ou melhor, viu minha mãe –, a largura do sorriso dele escancarou que já se conheciam. Boa tarde, ouvi a vozinha dela encolhida e, surpresa, percebi que ela também estava encolhendo a barriga. Antes mesmo de ter certeza de que não estava imaginando coisas, ele perguntou: e esta, é a sua menina? – a mão já estendida na minha direção, muito prazer, Américo. Retribuí o gesto achando divertida toda aquela formalidade, ela sem graça ao lado da *sua menina* de dezessete anos. Quando o elevador parou no térreo, ele se adiantou, só gentileza abrindo a porta para que saíssemos, tenham uma ótima tarde, e entrou novamente para descer à garagem.

Não esperei três segundos para cutucar: então quer dizer que temos um novo vizinho e você nem me conta nada. O que você acha que tem pra contar? Não sei, mas pelo visto você já contou de mim pra ele, daí fiquei curiosa. Caí na risada e ela se irritou, larga mão de ser boba, trocamos duas palavras na reunião de condomínio, ele está morando aqui há poucas semanas, é um senhor muito distinto, qual o problema? Problema nenhum, mãe, tô vendo é solução! Ela achou graça, mas disfarçou e foi emendando com a lenga-lenga de sempre, nem penso nisso, deus me livre, homem nunca mais, já passei da idade.

Ela faria quarenta e um anos dali a um mês.

Minha mãe ficou virgem aos trinta e oito. Depois da separação, nenhum encontro, nem um beijo, nem sexo, nunca mais. Com o fim do casamento, essa parte da vida também acabou para ela, como um decreto autoimposto, talvez um bloqueio ou a menopausa precoce espantando a libido. Ou, quem sabe, nada disso, acho mesmo que ela apenas desistiu. Conviver com a mãe que renunciava ao desejo com tanta resignação foi difícil para as filhas – tivemos de descobrir como ser mulher sem espelho, sem ter com quem conversar, crescendo ao lado de uma mulher que tinha deixado de ser mulher.

Ela provavelmente não pensava nesses termos, nunca teve consciência do quanto sua desistência nos afetava e de como o mantra homem nunca mais ecoava em nós como a negação de tudo o que poderia ser bom a dois. Amores, homens, prazeres, tudo isso era sinônimo de decepção e sofrimento.

Eu perguntava: qual o problema de conhecer uma pessoa, topar um cineminha, sair pra jantar, conversar sobre outras coisas? Quando ela contou que tinha recusado o convite do vizinho português, tive vontade de bater, sacudir o corpo dela com a minha indignação, furiosa com a mulher que ela teimava em ser.

Esperança. Esperar. Na raiz dessas duas palavras, o latim *spes* guarda a ideia de confiança em algo positivo, a mesma que reverbera em *pro-spere*, o prosperar ligado à expectativa de evoluir de acordo com o esperado. O significado de *sperare*, infinitivo latino que originou o verbo esperar, também evoca bons resultados: "aguardar", "ter fé", "ter esperança" – leio minha mãe guiada pela etimologia dos seus dias.

Com ela, também aprendi a esperar.

Voltam as manhãs em que eu me enfiava debaixo do lençol, retraída no quarto de filha única, esperando minha mãe acordar o dia com os barulhos da cozinha. Um tempo de grande solidão. Minha irmã só nasceria quatro anos depois, meu pai viajava a negócios na maior parte do tempo. Eu tinha seis anos e ainda não ia à escola – ela me matriculou no pré do Colégio Nuno de Andrade um pouco antes dos sete, eu era a mais velha da classe, já sabia ler, mas não reclamei de nada. Valera a pena esperar: finalmente eu teria os livros da escola, cadernos e tarefas, recreio, amigos, professora. A partir daquele dia, eu não seria só a filha da minha mãe.

[Cena recorrente de um curta-metragem: solto a mão dela, cruzo o portão e corro pelo pátio, a alça da lancheira de plástico rosa deslizando do ombro, a mão na tampa da garrafinha cuidando para que o suco não vazasse; a certa altura, paro e viro para dar tchau antes de subir pela escada que leva às salas de aula. Vejo minha mãe apoiada no portão da escola. Atrás dela, na calçada, outras mães acenam com entusiasmo. Então ela também acena e um sorriso sem graça aparece no rosto, tentando disfarçar o choro. Talvez tenha sido a primeira vez que experimentei a alegria como culpa.]

Ela não admitia animais em casa. Sujeira, bichos fazem sujeira, repetia fazendo cara de nojo. Eu prometia limpar, cuidar, jurava que faria tudo, mas não. Nunca um gato, um cachorro, um passarinho. Para apaziguar minha vontade de bicho, às vezes ela aparecia com um par de pintinhos comprados na feira, nem pense em levar pro quarto! E eu nem pensava, já era bom demais acordar lembrando dos dois na área de serviço, vasculhando os cantos da caixa de sapatos que eu forrava com capricho, calor de jornal e mimos de milho. Piavam baixinho, e eu ficava aflita vendo o papel mordiscado, explicava que não deviam bicar ali, mas os grãos teimavam em saltar do pires e se espalhar pela caixa. Desconfiava que morriam de um dia para o outro por causa disso, engasgados ou com indigestão de jornal. Às vezes, eu revestia a caixa com panos velhos, mas era ainda pior, porque a água de beber entornava e eu tinha certeza de que os pintinhos se resfriavam e acabavam morrendo de frio. Por mais que eu fizesse, eles morriam. O que você esperava, que virassem galinhas aqui dentro? Era assim que ela reagia à minha desolação. Até o dia em que pedi para ela nunca mais trazer pintinhos da feira. E esperei.

Muitos anos depois, já adolescente e ganhando algum dinheiro com aulas de piano para crianças, comprei um canário-belga e entrei em casa com o fato consumado: uma gaiola enorme com balanço, poleiro, bebedouro, potinhos e um bom estoque de sementes. Vocês vão cuidar, e trocar, e limpar, e eu não quero saber disso, e onde vocês pretendem colocar essa gaiola, e, sem dar bola para o sermão, minha irmã e eu tentávamos assobiar (nunca conseguimos assobiar) sons de boas-vindas ao novo morador. Não sei dizer em que momento o Jeremias – esse era o nome do canarinho – passou a ser dela, o interlocutor que respondia cantando ao dormiu bem?, vamos pro sol?, e a tudo o que aquela voz carinhosa dizia enquanto limpava a gaiola e escolhia a folha de alface mais fresca, prendendo a pedra de cálcio na grade para que ele pudesse afiar o bico com firmeza. Saímos de casa e o Jeremias continuou com ela durante muitos anos. As cores do seu canto iluminaram um pouco aquele apartamento triste, os móveis duros, madeiras escuras sobre o carpete marrom dos quartos, nunca um vaso com flores na sala.

Leio Federico Falco pensando nela: "Repito para mim mesmo, uma e outra vez, que há um tempo para cada coisa. Um tempo para a semeadura. Um tempo para a colheita. Um tempo para a chuva. Um tempo para a seca. Um tempo para aprender a esperar a passagem do tempo". Cresci vendo minha mãe se mover pacientemente no ritmo do mundo – as segundas-feiras depois dos domingos, o telejornal depois da novela, o dia de fazer compras e o de pagar as contas, o almoço sábado sim, sábado não no restaurante acessível ao dinheiro de cada mês. Tudo tinha a sua hora, e em estado de esperança ela aguardava a passagem do tempo. Depois do inverno, a primavera; e, depois da separação, haveria de chegar o dia da reconciliação, meu pai de volta para sempre, o mesmo sonho alimentando os dias iguais da minha mãe.

O físico Carlo Rovelli desmonta a engrenagem do relógio – uma ferramenta conveniente, disse numa entrevista, criada para nos dar a impressão de que o tempo é mais regular e universal do que realmente é. Reli o primeiro volume de *Em busca do tempo perdido* junto de *A ordem do tempo*, em que Rovelli investiga a escrita caudalosa de Proust, as frases intermináveis com orações se subordinando às idas e voltas da memória, sua obsessão de captar o tempo e resgatar as experiências a cada camada do texto. E nessa chave percorri o caminho de Swann visualizando o que Rovelli chama de "presente estendido", o conjunto de eventos que não estão no passado nem no futuro, mas vivem na memória que Proust desdobra linha após linha "num espaço ilimitado, uma infinidade inacreditável de detalhes, perfumes, considerações, sensações, reflexões, reelaborações, cores, objetos, nomes, olhares, emoções [...]. Esse é o fluxo do tempo que experimentamos", explica o físico, "é ali dentro que está aninhado, dentro de nós, na presença tão crucial dos vestígios do passado em nossos neurônios".

Hoje me parece claro: o fluxo de um tempo que ignora o relógio conduzia o presente eternamente estendido nos dias da minha mãe. E talvez eu tenha intuído que era assim numa espécie de epifania durante uma aula de matemática de tantos anos atrás, o professor com a cara enfiada no quadro-negro, os óculos na ponta do nariz, de costas para a classe, as mãos brancas quebrando mais um giz. Estou sentada na carteira do canto, na terceira fileira, sou uma aluna esforçada que detesta matemática olhando para o enorme oito deitado que ele acaba de desenhar. Ainda de costas, ele apresenta o símbolo do infinito deslizando com o giz pela linha contínua que gira e gira num circuito ininterrupto – o tempo, ele diz, não tem começo nem fim.

Não sei se naquela aula entendi a ideia abstrata de um tempo infinito. Mas, ainda sem conseguir traduzir em palavras, comecei a entender minha mãe.

No avião, eu lidando com o medo de sentir medo, ela falando sem parar: será que não existe tratamento pra isso? Dizem que hipnose funciona, você podia tentar, não dá pra sofrer desse jeito toda vez! Ela se repete duas, três vezes, quase as mesmas palavras com mínimas variações de tom. Minha mãe me irrita, e nessa hora terrível ela resolve contar que adoraria ter sido aeromoça. De onde ela tinha tirado essa novidade? Quando eu era mocinha, ficava imaginando como devia ser bom viajar pelo mundo e ainda ganhar por isso, ela diz, mas não dou trela, então ela desiste e abre uma revista. Não consigo prestar atenção em nenhuma conversa, mal consigo falar. Prefiro me fixar no topo da cabeça do homem que está na poltrona da frente, mais exatamente na ilha que se formou bem ali, coitado, uma ilha careca rodeada por fios que resistem por todos os lados, vai ver nem é católico e tem que conviver com aquela coroa de padre, e penso que aquele círculo sem cabelos mais lembra um solidéu, e por que coroa de padre, me pergunto, tentando não sentir o paradoxo das minhas mãos geladas e úmidas de suor, a ansiedade bombardeando o coração como se eu não tivesse tomado um coquetel de remédios e um copo de vinho antes do embarque. Então ela volta com a história da hipnose: dizem que resolve, por que você não tenta? Ignoro a pergunta, ainda presa às nuvens de fiozinhos que flutuam sobre a ilha calva, a sombra delicada dessas nuvens que não encobrem nada, e me dou conta de que não foi uma boa ideia pensar em nuvens, já, já vou estar ao lado delas, e depois acima, e meu estômago se contorce em ondas de enjoo que engulo tentando não olhar para o sorriso bobo da comissária de bordo fazendo mímica para apontar que esta aeronave possui seis saídas de emergência [...], identifiquem a saída mais próxima de seu assento [...], mantenham os encostos das poltronas na posição vertical e suas mesas fechadas e travadas [...], e fecho os olhos para não ouvir o aviso tripulação preparar para a decolagem, as mãos cravadas no tecido áspero da poltrona, os pés grudados no chão que não é chão, eu já em pânico, e ela folheando a revista como se estivesse no cabeleireiro.

Inspiro, expiro, inspiro, expiro, paro de respirar com o solavanco que sacode o avião tentando subir, tento respirar de novo quando o susto passa, em ritmo de prece fico me dizendo tudo bem; tudo dando certo até aqui; obrigada, Deus; me desculpo por não saber rezar, retomo o exercício com fé no poder calmante do ar, inspiro, expiro, peço, imploro: mãe, abaixa a cortininha, por favor!, mas, como se não me ouvisse, ela continua: olha que céu lindo, a cara dela enfiada no vidro, para com isso, e, não, não consigo, vertigem, medo, sensação de morte, e me refugio outra vez na ilha, os dedos do homem aterrissando no meio da ilha, as unhas dos dedos cavoucando o solo da ilha careca, e então a ilha afunda, mergulha e some no assento da poltrona, e o avião empina, contorce, balança. Toma uma água, já estão servindo – agora ela parece perceber minha palidez –, e faz sinal para a aeromoça atrás do carrinho que avança aos trancos pelo corredor, tudo sacoleja menos o sorriso dela, é só uma turbulência de nada, já passa. Eu não consigo falar e minha mãe parece se divertir com o meu estado, mas que drama!, e não entendo se ela age desse jeito porque acha que exagero ou se não sabe o que dizer, e quando a turbulência cessa eu continuo com medo do medo que posso sentir outra vez, por isso aperto a mão dela e não desgrudo mesmo quando o avião começa a deslizar, macio. Mais calma, aceito o colo que ela oferece levantando o braço que separa nossas poltronas. Fecho os olhos lá dentro enquanto seus dedos furam as minhas nuvens buscando solo na raiz dos fios, dedos macios desenhando trilhas entre as mechas, quase como uma cantiga de ninar. Pouco a pouco sinto a terra firme, e eu, numa ilha, me deixo tocar pelas ondas mansas que encontro num mar tranquilo – o colo da minha mãe.

Entre o sobe e desce dos ônibus, entre as águas dos lagos e os picos nevados que avistamos a bordo de lanchas e catamarãs, entre o silêncio das noites nos quartos de tantos hotéis e a balbúrdia dos dias narrados por guias turísticos entediados: eu, entre o fim de um casamento desastroso e a busca por um recomeço. Entre todas as pessoas que eu poderia ter convidado para vir comigo a essa viagem, minha mãe. O que, para mim, era uma tentativa de escapar da realidade, um retiro durante o luto, ela encarou com a animação de férias inesperadas. Não era Paris, esse sonho ela não conseguiu realizar. Mas de repente nada parecia ser melhor do que conhecer a Patagônia chilena.

O vento glacial nos envolve assim que a porta do ônibus se abre para uma breve parada no Parque Nacional Vicente Pérez Rosales. Faz muito frio. Caminhamos juntas, nossos corpos colados, e encolhidas passeamos o olhar pelo bosque de olmos ao redor, adivinhando os contornos do vulcão Osorno entre a neblina. Seguimos devagar pela trilha indicada pela guia e logo nos aproximamos das águas que desaguam no rio Petrohué: minha mãe fica extasiada com a paisagem, pede para ser fotografada. Ajeita a saia creme, alisa o blazer azul-marinho com as mãos, protege a cabeça com o lenço de seda e pendura a bolsa marrom de couro trançado no antebraço direito. Posiciona o corpo roliço de um metro e quarenta e nove centímetros, girando levemente as pontas dos dois pés com pose de bailarina. Só então me dou conta das sapatilhas, o único item esportivo no visual dela. Daqui a dois meses ela fará cinquenta e oito anos, mas é uma mulher que há muito as pessoas chamam de senhora. Me afasto para fazer a foto, avalio a distância necessária para enquadrar minha mãe na paisagem. Sinto a distância entre nós, tão maior do que os anos que nos separam.

De volta ao hotel, enquanto ela toma banho, me estico na cama de frente para a janela, que vai de ponta a ponta de uma das paredes e quase alcança o teto: para mim, a viagem poderia ser só isso, todos os dias esse quarto e essa janela e tudo o que silencia enquanto olho para o Osorno repousando na quietude das águas do lago Llanquihue. Seria bom conversar sobre o que me aconteceu, mas minha mãe não toca no assunto, talvez porque acredite que, como ela, estou me divertindo. Vamos jantar cedo e dormir logo em seguida para enfrentar mais um dia de travessias por estradas e lagos. Levanto para me arrumar e tiro da mochila *A imortalidade*, de Milan Kundera, mas antes de largar o livro na mesinha de cabeceira, resolvo dar uma olhada, e a primeira frase me leva ao final do capítulo:

"A senhora poderia ter sessenta, sessenta e cinco anos. Eu a olhava de minha espreguiçadeira, recostado diante da piscina [...]. [...] imersa até a cintura, ela olhava o jovem professor de natação que, de roupão [...] lhe dava uma aula. Obedecendo a suas ordens, ela apoiou-se na borda da piscina para inspirar e expirar profundamente. [...] Olhava-a fascinado. [...] Ela foi embora, de maiô, andando ao longo da piscina, e, quando já tinha ultrapassado o professor de natação aproximadamente uns quatro ou cinco metros, virou a cabeça para ele, sorriu e fez um gesto com a mão. Meu coração apertou-se. Esse sorriso, esse gesto, eram de uma mulher de vinte anos! Sua mão tinha girado no ar com uma leveza encantadora. Como se, brincando, ela jogasse para seu amante um balão colorido. Esse sorriso e esse gesto eram cheios de encanto, enquanto o rosto e o corpo não o eram mais. [...] Por uma certa parte de nós mesmos, vivemos todos além do tempo. [...] Graças a este gesto, no espaço de um segundo, uma essência de seu encanto, que não dependia do tempo, revelava-se e me encantava."

Levanto os olhos para a voz que me chama. De frente para mim, minha mãe está enrolada na toalha, um cabide em cada mão, segurando dois vestidos – balões coloridos que ela joga sobre o corpo –, à espera de um veredicto. Faz movimentos repetitivos, simulando uma espécie de dancinha, encantadora, como uma adolescente antes da festa. Qual deles?, pergunta, desfilando na minha frente, sem saber que encenava à sua maneira o trecho que eu tinha acabado de ler. É uma pantomina comovente, vejo minha mãe se divertindo e tentando me divertir. Pela primeira vez desde que chegamos ali, ao menos naqueles instantes esqueço meus problemas. Aceito o que ela pode me dar.

Ele entrou no quarto carregando o vasinho florido, e ela abriu um sorriso de moça. Olhou para o genro com timidez de namorada, o vermelho-vivo das flores estampado no rosto, e contou que a médica tinha prometido dar alta na manhã seguinte. Me pediu para ficar de olho no vaso, vai que alguma enfermeira some com minhas flores quando eu descer pro centro cirúrgico? Nesse hospital dez estrelas, onde já se viu, mãe? Eu não disse, mas ela leu na minha cara, e só para que relaxasse (ela nunca relaxava) prometi: cuido, sim, fica tranquila.

Depois de tudo o vaso estava lá. Nenhuma dobrinha a mais no papel celofane rosa, que se abria em festa feito flor nascida do laço de corda, os cíclames bebendo o sol que entrava pela janela do quarto pálido. Eram sete, ou talvez oito ou nove da manhã, as moças da limpeza ainda não tinham passado por lá, a cama continuava desarrumada com os movimentos que ela deixou nos lençóis, no armário fechado a bolsa, uma calça, a blusa e a malha, meias de seda enroladas dentro do pé direito dos sapatinhos baixos. O vaso estava lá, mas eu não vi, acho que não vi, ou posso ter visto e decidido naquela hora que era só um vasinho de flores que logo morreriam.

Abri o armário, guardei as coisas dela numa sacola, voei os olhos por cima do sofá-cama, a poltrona, a mesinha das refeições, pousei um instante sobre o copo de plástico na cabeceira da cama, dois dedos da água que ela não bebeu. Em minutos rapidíssimos saí do quarto certa de não estar deixando nada para trás.

Sete dias depois, uma missa quieta, poucas pessoas na igreja bonita que escolhemos, a voz de um padre simpático dizendo coisas que não tinham nada a ver com ela, os poucos conhecidos presentes silenciando com estranhamento, talvez se perguntando se estavam na missa errada, minha irmã e eu, quatro olhos baixos tentando descobrir de onde o padre tinha tirado aquele enredo (e que ideia a nossa, se nem ela nem nós frequentávamos nenhuma igreja, uma missa?). Das coisas que fazemos sem saber por que fazemos. No final aquela cerimônia fez sentido – uma missa quieta celebrando uma vida quieta, onde cabia inventar alguma aventura.

E então o vaso. Na prateleira da estante debaixo da janela de minha sala. Foi a primeira coisa que vi quando abri a porta de casa. Cíclames fúcsia, um cartão grampeado no papel celofane rosa (a mesma floricultura?), um carinho da amiga que não tinha ido à missa, e meu desconcerto lembrando do vaso abandonado no hospital.

Depois de tudo me ouvi outra vez dizendo cuido, sim, mãe, prometo.

Dentro do caderno antigo, o papelzinho dobrado guarda a sorte anunciada pelo periquito do realejo: "Viverás uma vida cheia de ventura que se prolongará. Um dia comprando bilhete de loteria ganharás no número 16493-B".

Viro a carta que está no centro da mesa: a Estrela sugere luz na escuridão, você terá netos, diz a taróloga. E a imagem d'O Imperador garante que vou superar obstáculos do passado que ainda incomodam muito.

Não espere demais, assim tudo dará certo, aconselha o horóscopo do jornal.

É uma espécie de vício, ou talvez um jogo mais ou menos consciente de autoengano, e funciona como um analgésico para aliviar a pressão nos picos de ansiedade: buscar nos oráculos a ilusão das certezas, fingindo não saber que o imprevisível sempre pode acontecer, como acontece, para o bem e para o mal. É também a fantasia de poder manejar o acaso, de ter controle sobre o que ainda não existe, de acreditar que é possível alterar o rumo de caminhos que ainda não conseguimos enxergar. Mas o tempo à frente é mistério. Mesmo assim, programo o dia seguinte, me atrevo a fazer planos para os próximos meses, organizo passo a passo a viagem de férias como se o futuro não fosse repleto de possibilidades. Tantas que não conseguimos (e, às vezes, nem sequer temos coragem de) imaginar.

Era junho, e uma astróloga analisou meu mapa natal à luz do movimento dos planetas nos doze meses que se seguiriam. A partir desses trânsitos, ela apontava tendências, oportunidades, situações que eu traduzia a partir do meu repertório de desejos, encaixando expectativas em acontecimentos prováveis – um novo contrato, mudanças de rumo nos planos de trabalho, o afastamento de algumas amizades, confirmando o que já estava em curso. Lá pelas tantas, ela mencionou minha mãe e disse que teríamos um encontro espiritual muito forte, uma quadratura única. A princípio não me interessei, minha mãe não fazia parte das ansiedades daquele momento. Ainda assim, perguntei que tipo de encontro seria esse. Ela fez considerações meio genéricas, não cheguei a nenhuma conclusão – talvez uma conversa importante, tipo colocar as cartas na mesa? Fosse o que fosse, já tinha esquecido do assunto quando saí de lá.

Dois meses depois ela morreu. Na primeira semana de agosto, o mês que minha mãe culpava por todos os aborrecimentos que, tinha certeza, viriam; da despesa inesperada por causa de um vazamento no banheiro (ou qualquer pequeno drama doméstico) ao trágico acidente da princesa Diana, tudo cabia no mês do desgosto, como ela dizia, repetindo o mantra que cresci ouvindo ano após ano em agostos que coincidiam com más notícias.

Um procedimento simples, você dorme só uma noite no hospital, disse a médica, e ela se sentiu segura, talvez nem tenha lembrado que era agosto. Estava bem quando a deixei no quarto, depois da cirurgia, se divertindo com as gargalhadas da Hebe Camargo na tevê. Durante a noite, ela se sentiu mal, minha irmã chamou a enfermagem várias vezes, esse enjoo não é nada, disseram, reação da anestesia, nervosismo, em tom de cumplicidade uma enfermeira chegou a dizer que era um pouco de manha, e, quando voltei, antes das sete da manhã, um coágulo já tinha se deslocado silenciosamente pela corrente sanguínea e se alojado nas artérias do pulmão.

Ela foi removida para a UTI às pressas, completamente lúcida e apavorada, sem entender o que estava acontecendo. Permitiram que eu entrasse na sala de emergência para tentar acalmá-la, me leva pra casa, me tira daqui, me leva pra casa, mãe, fica calma, esse mal-estar vai passar, é pra isso que você veio pra cá, e não lembro exatamente em que momento me tiraram de perto dela, já cercada de fios e aparelhos e enfermeiros e me leva pra casa foram as últimas palavras que ouvi quando alguém me pediu para aguardar do lado de fora.

Acabou em menos de vinte minutos. Um médico abriu a porta e sentou-se ao nosso lado, minha irmã e eu, ouvindo que infelizmenteelanãotinharesistidoapressãoarterialuminfartesintomuito, a notícia que chegou sem vírgulas, sem sentido, e, enquanto essas palavras tentavam se desgrudar, outro homem apareceu se apresentando como diretor da UTI, lembro de ter olhado para ele e pensado naquele nome e sobrenome estranhos, Diretor da UTI, muito prazer, uma mão me oferecendo uma caneta e um papel impresso preso a uma prancheta, uma voz dizendo leiam com calma, não há pressa, se as senhoras assinarem agora não poderão responsabilizar o hospital depois, o senhor Diretor da UTI cumprindo sua obrigação, cuidando das formalidades e das palavras, que claramente admitiam o erro médico, a negligência, o absurdo daquela morte.

Processar o hospital? Eu só queria levar minha mãe para casa.

Ela morreu no dia 6 de agosto, e talvez já fosse setembro ou dezembro, em algum dos dias sem nome que vieram depois, lembrei da astróloga, do encontro espiritual que o futuro anunciava, impossível de ser traduzido naquele momento – quem pensaria na morte como encontro? A dor, toda aquela dor, inimaginável dois meses antes. Quando ela se foi, me dei conta de quanto ela fazia falta, do espaço dela dentro de mim, do tanto que eu amava minha mãe.

Parece que foi ontem é um clichê que já me ouvi dizendo, e com espanto, ao lembrar vivamente de coisas que aconteceram há décadas – a memória encurta o passado, por mais longo que seja. Mas também o distancia, porque, com o mesmo espanto, me dou conta de ter esquecido coisas que aconteceram meses antes, desimportâncias que se distanciam no tempo.

Lembrar, esquecer e, às vezes, lembrar do que parece nunca ter acontecido – lembrar, num susto, de uma paisagem invisível que sempre esteve ali. Como o motorista que atravessa uma estrada conhecida envolta em nevoeiro; ele sabe das árvores e das montanhas do percurso, não precisa vê-las para seguir adiante. Mas de repente um animal perdido no meio da neblina aparece na pista e o obriga a brecar; só então ele revê uma placa antiga, entortada entre a vegetação do acostamento.

Cenas enterradas na memória às vezes ressurgem assim: um sinal do passado interrompe o presente, e o estrondo de uma tempestade engole o tempo.

Não sei onde colocaram a mesa de jantar. A sala é pequena e minha avó não poderia estar naquele lugar se não tivessem tirado a mesa. As cadeiras, sim, todas lá, oito órfãs lado a lado, as costas grudadas na parede. Não conheço as pessoas que estão sentadas nas cadeiras, todas quietas, e, quando uma mulher muito velha percebe que estou olhando e lança um sorrisinho na minha direção, viro o rosto, enfio o nariz na saia da minha mãe. A fruteira, os porta-retratos, a Bíblia da minha avó, todas as coisas sumiram, mas a bandeja com a toalha de rendinha e as xícaras chiques que ficavam guardadas na cristaleira estão em cima do aparador. Conheço tudo, estranho tudo – a casa, a sala de jantar, minha avó de olhos fechados, a cabeça e o corpo cobertos por um manto roxo, minha avó feito uma santa dormindo dentro de uma caixa cheia de flores brancas. Quero saber se ela está vestida, tem roupa debaixo desse pano? Ela vai dormir pra sempre só com isso? Minha mãe balança a cabeça, faz uma careta e aperta minha mão. Entendo que não é hora de perguntar nada.

Foi a última vez naquela casa. As paredes, os móveis, os objetos, tudo desapareceu junto com minha avó. Quando procuro o lugar da infância – o cheiro da mesa de madeira com as pernas torneadas como patas de cavalo, a temperatura debaixo do tampo que virava teto da casinha, da cabana, da caverna –, a memória só me devolve palavras, nada tem cheiro, temperatura, consistência. Mas adivinho as mãos geladas da minha avó, mal cobertas pelo manto roxo, os dedos cruzados, as unhas meio roxas sobre o peito dela, o perfume azedo das flores sem vida em volta dela. Sinto e vejo o que quero esquecer. Mas revejo imagens banais, que se repetem à exaustão: um canto sem graça no quintal de uma casa onde morei, o pequeno pátio do recreio da primeira escola, a Olivetti verde que ocupava quase todo o espaço da mesa no meu quarto de adolescente, objetos e lugares que reaparecem do nada, sempre no mesmo ângulo, com as mesmas tonalidades, como se fossem pastas arquivadas em algum compartimento do cérebro que se abrissem por conta própria, um defeito elétrico nas sinapses provocando um replay sem sentido. Busco alguma sensação que poderia ter ficado gravada no corpo, mas nada reverbera, aquele canto não me diz nada, a máquina de escrever não tinha nada de especial e o que quer que tenha acontecido ali já não existe. Até existir outra vez.

Eu tinha oito anos e, nos primeiros meses depois da morte da minha avó, entrava em pânico nos dias de chuva forte, imaginava que ela estivesse encharcada e com muito frio só com aquele manto fininho, desejando o seu xale de lã, e me desesperava porque ninguém sabia me dizer onde estava o xale, e, por mais que todos tentassem me acalmar explicando que aquela ideia era absurda, o sofrimento era real. Não me lembrava de nada disso. Mas poucas semanas depois do enterro da minha mãe, numa tarde qualquer, uma tempestade tremenda apagou todas as luzes de casa e acendeu a memória num relâmpago: de repente, aquela fantasia angustiante da infância se reapresentou com o mesmo desespero. Tive uma crise de ansiedade, tremia, chorava, não conseguia respirar, sufocada por pensamentos disparatados. Era loucura e eu sabia, mas a aflição não passava, e a sensação de impotência com a ideia de que ela poderia estar sofrendo – a ideia absurda de que ela ainda pudesse sentir frio – doía de verdade.

Remontar a vida ao lado dela – escrever faz parte desse esforço. Mas a memória se configura por si só, me desafia, esconde imagens que as palavras poderiam desenhar. Expõe entrelinhas que não quero ler.

Coitada, ela está horrível, ninguém percebe que já passou da hora? Cadê uma filha, uma irmã, alguém pra mandar fechar esse caixão? Morto não dá palpite, eu sei, mas antes de ir embora quero que você prometa, você não deixe isso acontecer comigo!

No velório de uma conhecida, longe de supor que morreria dali a seis meses, minha mãe me deu todas as instruções, não quero ficar exposta desse jeito, manda todo mundo embora, olha a boca dela, que horror, custava passar um batonzinho? Na minha vez procura uma cor que disfarce esse roxo, deus me livre dessa cara de zumbi, e, escuta bem, não quero ser emparedada de jeito nenhum, acho até que ainda tem gaveta sobrando lá na tua avó, mas não quero, entendeu? Me põe na terra, ou então vai direto pra cremação e pronto! Resolve logo.

Seis meses depois era agosto. Fui a primeira a chegar à funerária. Na saleta onde ela seria velada, meia dúzia de candelabros delimitava um espaço vazio. Podemos deixar apenas um ali no canto?, perguntei ao único funcionário que estava por lá, e, mostrando o lenço de seda que tinha trazido, pedi que o colocassem em volta do pescoço dela. No dia anterior, ainda no hospital, nos pediram uma roupa para a ocasião; estávamos atordoadas, minha irmã e eu, mas nossos companheiros tinham de cuidar das questões práticas, toda a burocracia da morte, atestados, documentos, qual caixão, onde e a que horas o velório, que música gostariam na cerimônia de cremação?

Não havia mais ninguém, então fomos ao apartamento dela naquele mesmo dia, abrimos o armário e não sei quanto tempo passamos olhando as roupas penduradas com capricho, sem saber o que escolher, tentando imaginar o que ela gostaria de vestir, como se isso fizesse algum sentido. Por fim, decidimos levar uma blusa de seda que ela achava "chique", uma calça de linho com pregas e um par de sapatos de couro marrom, o salto baixo e grosso, confortável como todos os pares enfileirados na sapateira. Fechamos o armário e minha irmã continuou ali, de pé, alisando a dobra dos lençóis sob os travesseiros estufados, a camisola dobrada num cantinho, em cima do cobertor, os chinelos a postos ao lado da cama. Fugi da cena impossível, ela ali ainda ontem e agora nunca mais, a cama arrumada para a noite como um futuro dado como certo, o próprio futuro me dizendo: nada está dado, mesmo tão próximo posso ser inalcançável.

Corri para o banheiro antes que o choro me congelasse ali, olhando para o lugar que minha mãe não voltaria a ocupar, o vazio escancarado dentro e fora de mim. Na primeira gaveta do gabinete, encontrei a nécessaire e os poucos itens de maquiagem que ela usava no dia a dia – peguei o rímel, o kit de sombras, o blush novinho e um batom rosa, larguei o lápis e o gloss na gaveta. Evitei olhar para a escova e para o tubo da pasta de dente dentro da caneca de chá cor-de-rosa, e já estava saindo quando vi a calcinha. Pendurada na torneira do chuveiro. A calcinha que ela tinha lavado durante o banho, a calcinha que ela tinha torcido para que secasse mais rápido, a calcinha que ela passaria com ferro para amaciar o tecido, uma calcinha maior do que as que também lavo todos os dias no banho como ela me ensinou a fazer desde pequena. Precisei apoiar o corpo na parede, escorreguei pelos azulejos lisos até encontrar o chão frio, os olhos pendurados na torneira do chuveiro, na calcinha seca, amarfanhada, inútil.

Daquele dia, não ficou mais nada. Em algum momento certamente nos movemos, fechamos as janelas, trancamos a porta do apartamento, entramos no elevador com as roupas, os sapatos e a nécessaire, tudo meio jogado dentro da mesma sacola. Não sei se estávamos no meu carro, quem dirigia, se eu ou minha irmã, qual percurso fizemos para voltar ao hospital, mas logo estávamos lá, na frente da portinhola por onde uma moça havia nos pedido a roupa, que entregamos, e é certo que tirei a nécessaire de dentro da sacola e a guardei em algum lugar. Ficamos naquela saleta, sentadas num banco duro. Não sei dizer quanto demorou para que a mesma moça reaparecesse, ficou apertado, mas conseguimos colocar os sapatos, disse, e também a calça, de trás pra frente, mas ok, ninguém vai ver o zíper aberto debaixo do corpo, sem problemas; infelizmente a blusa não teve jeito, o corpo inchado, ela explicou, nos devolvendo um trapo de seda, a blusa chique toda rasgada, sem chance de recuperação. Melhor uma camiseta bem larga, GG de preferência, e rápido, ordenou, fechando a portinhola com um sorriso hospitalar. Ficamos paralisadas. Ela não usava camisetas nem tinha nada tão largo assim, então saímos mais uma vez do hospital feito duas baratas tontas, e creio ter sido minha irmã quem teve a ideia, o Extra aqui do lado, acho que hipermercado vende camiseta e dá pra ir a pé, ela disse, e fomos, atravessamos a avenida correndo e entramos naquele espaço gigante, corredores infinitos de sabão em pó, e leite, e enlatados, e chocolates, e brinquedos, e talheres, e finalmente chinelos, roupas e camisetas coloridas penduradas numa arara, a visão que abriu sorrisos impensáveis nos nossos rostos angustiados, minha irmã puxando o cabide com a maior de todas, uma camiseta imensa num tom de azul que ela jamais usaria.

Por isso o lenço, para cobrir a camiseta horrível, e antes de passar o pacote ao funcionário, arrisquei perguntar: será que eu poderia entrar lá pra arrumar o lenço nela? Ele me pediu para esperar e voltou logo, pode vir, moça, ainda não colocaram as flores nem o véu que cobre tudo. Fui com ele até uma sala menor, onde uma moça cortava os cabos das rosas-brancas que envolveriam o corpo da minha mãe. Pedi licença para me aproximar e não escondi o susto quando vi o rosto dela desfigurado por uma maquiagem grosseira. Nem pensei em pedir permissão, fiquei furiosa, exigi e um pedaço de algodão molhado apareceu imediatamente; removi tudo com cuidado, ainda era ela debaixo daquela máscara mortuária. Vasculhei minha bolsa, encontrei a nécessaire – então eu tinha guardado ali? Que sorte, pensei, rememorando todas aquelas recomendações: a boca dela, que horror, na minha vez procura uma cor que disfarce esse roxo. Mas, quando fecho os olhos, ainda estou tocando o rosto dela com o pincel do blush pêssego, o rímel por cima dos cílios, uma nuvem de sombra branca para iluminar as sobrancelhas. O batom não ficou bom, borrei o contorno com o algodão ainda úmido, não tive coragem de espalhar com os dedos. Nunca me perdoei por ter deixado o gloss na gaveta.

Roxo emparedada batonzinho manda embora horror gaveta tua avó terra resolve logo. As palavras, o ritmo das frases, o olhar sério reforçando o tom de ordem. Eu me lembro.

Mas não escuto. Sua voz, mãe, onde?

Paro o carro na frente do prédio onde vivi dos seis aos treze anos. Olho para a fachada dos anos 1960, recuperada, mas ainda com pastilhas cor-de-rosa, e, através do gradil que agora separa o jardim da calçada, acompanho a curva da passarela de pedra mineira que leva à portaria. Entro no apartamento 802 pela janela da frente, uma das quatro que dão para a rua, e me sento na cama de casal onde minha mãe dormiu sozinha nos últimos anos em que moramos aqui. Na parede do fundo, a penteadeira com o espelho oval, que reflete os frascos dos perfumes que ela deixava na bancada. Abro uma das duas gavetas estreitas do móvel, reencontro os lenços de seda, perfeitamente alinhados na diagonal. As coisas que me atraíam não estão ali, mas no armário do banheiro: grampos, escovas e bobes de plástico, o pote de creme Pond's, o curvador de cílios, batons e estojinhos com sombras claras em tons de rosa e pêssego, a esponja macia sobre o pó de arroz Coty dentro da caixa redonda de papelão. Cobrindo a cama onde me sento, a colcha coral de chenile, quase no mesmo tom dos descansos de crochê colocados sob os dois abajures, cada um em sua respectiva mesinha de cabeceira. No centro da outra parede, a porta do banheiro, elegantemente camuflada com os mesmos frisos de gesso das oito portas dos armários, duas duplas de cada lado. Tiro os sapatos e afundo os pés no carpete alto de lã cor de pérola; levanto, vou até a janela e, através da cortina de voile creme transparente, me vejo lá embaixo, dentro do carro, olhando para mim.

Volto. Cruzo a porta, avanço pelo passado claro-escuro e avisto a porta do meu quarto, em frente, mas escolho a direção do corredor de tacos de madeira. Passo pelo banheiro de azulejos azul-piscina e paro junto à porta do terceiro quarto, que um dia foi o escritório do meu pai e agora guarda a escrivaninha de madeira do meu avô, a esteira rolante sempre fechada, um sofá-cama reservado para hóspedes que nunca aparecem e, no canto, abandonada, a máquina Singer que ela comprou um dia, imaginando vestidos que nunca fez. Sigo para a sala, talvez alargada pela memória, que repõe todos os móveis em seus lugares: de costas para a janela, a curva do sofá de pés palito, revestido com um tecido verde-esmeralda; a mesinha baixa na frente e, sobre ela, o vaso de Murano com os tons laranja de Veneza; o Fritz Dobbert vertical, encostado na parede, com o feltro vermelho esticado sobre as teclas, fazendo par com o vermelho do assento de couro da banqueta. Ao lado, pendurado muito acima da altura dos olhos, um quadro horrível, óleo sobre tinta borrando uma praia deserta e presa numa moldura dourada; do outro lado, a mesa redonda que se deforma quando o extensor é encaixado para acomodar as visitas.

Entro na cozinha e me impressiono com o que surge em cada canto, objetos que meus olhos materializam em seus lugares precisos, a certeza de abrir o armário da cozinha, suspenso sobre a mesa de fórmica, e encontrar o pote de Ovomaltine ao lado da lata de biscoitos Maria. Ouço o rangido da portinhola do forno se abrindo, o cheiro das noites de sexta-feira esquentando a pizza de muçarela que comíamos vendo televisão. Sei todas as coisas que existiram aqui. Mas quando volto à sala e olho para a janela tudo escurece – é noite e já não sei: foi assim ou a memória guardou o que imaginei ter visto?

Vou para o meu quarto, estou na cama e no meio da noite acordo com sede; levanto feito sonâmbula para ir à cozinha, mas, quando passo pela sala, gelo com o vento que atravessa o vão escancarado na janela. Paro e agora recupero o susto: mãe, o que você tá fazendo aí? Ela não responde, continua de costas e, mesmo na penumbra que me confunde, sei que atrás da cortina entreaberta é ela, o tronco entortando sobre o trilho, as mãos agarradas aos trincos da janela. Mãe? Grito e então o corpo se ergue, de repente ereto, ela já fechando as duas lâminas do vidro. Olha para dentro da sala sem me ver e, antes de seguir para o quarto, pergunta: o que você está fazendo acordada a esta hora?

Você fica imaginando coisas, para de me atormentar com essa bobagem! Como a palavra que, repetida à exaustão, pouco a pouco perde significado, os nãos da minha mãe se amalgamaram num som disforme. Mas aquela visão continuou ecoando a dúvida de antes e outra vez: estou no carro, minha mãe abre a porta de trás, se acomoda no banco. Fecho os olhos para ver o impossível, procuro a voz dela no escuro, em silêncio pergunto: você ia se jogar de lá? Ela não responde, continua atrás de mim, olhando para a janela do apartamento 802.

No calendário cósmico criado por Carl Sagan, cada segundo equivale a quinhentos anos terrestres. A partir dessa escala, o cientista mapeou a história do Universo em um único ano, elegendo os acontecimentos que marcaram a trajetória de tudo. Nessa linha de um tempo que avança lentissimamente a partir do início em que nada existia, ele registra a formação das galáxias em dias e meses que equivalem a muitos milhares, bilhões de anos, e se vale de milésimos de segundos para colocar na mesma linha uma série de fenômenos "recentes". Tudo começa à zero hora de um 1º de janeiro cósmico, o Réveillon do Universo festejado com a explosão do Big Bang. Sete dias depois nascem as primeiras estrelas, e no dia 1º de maio surge a Via Láctea. Nosso ínfimo planeta aparece no dia 14 de setembro, mas os dinossauros só passeiam por aqui no final de dezembro. E nós, humanos, surgimos às 22h30 do dia 31 de dezembro. Segundo Sagan, tudo vai se precipitar ao longo das horas enormes desse dia imenso: às 23h46, o homem aprende a domesticar o fogo; às 23h59min20s, a agricultura se desenvolve; e, 5 segundos (ou 2.500 anos) depois, começa o Neolítico. Mas as primeiras grandes civilizações só aparecem muito mais tarde, às 23h59min50s. Sagan chega ao último segundo do ano cósmico com o início do capitalismo comercial e a expansão colonial europeia, às 23h59min59s. Estamos todos em alguma fração infinitesimal desse último segundo do calendário, prestes ao janeiro que virá expandindo ou talvez sugando o Universo num buraco negro sem tempo. Somos eventos prestes a. Ou, como disse o próprio Sagan, somos borboletas que se agitam por um dia e pensam que é para sempre.

Ela tinha sessenta e nove anos quando começou a frequentar cursos dirigidos à terceira idade. Duas vezes por semana, passava as tardes na universidade que não teve chance de fazer quando jovem. Eu perguntava sobre as aulas, ela não contava muito, sempre econômica nas alegrias; mas estava clara a mudança, ou pelo menos um movimento nessa direção – era uma estreia não só no campus, mas na vida, e a iniciativa de se proporcionar experiências novas, conhecer pessoas, descobrir assuntos trouxe uma leveza que chamava a atenção de quem a conhecia. Como o paciente que melhora pouco antes de sucumbir à doença, naquela época minha mãe rejuvenesceu, estava bonita, parecia apaziguada, o que tornou ainda mais chocante a aparição abrupta da morte.

Folheio o único caderno que encontrei na casa dela e me surpreendo com os cursos que fazia: vários de Psicologia – Social, do Cotidiano, de Aprendizagem –, a letra caprichada anotando ideias de Skinner, Vygotsky, Piaget; aulas de Filosofia, sobre mito e felicidade, com poucas anotações e um comentário no final da última página: "Este curso não me interessa, foi um erro! As aulas são arrastadas, o professor é chato, a matéria mais ainda! Não vou perder tempo filosofando sobre o passado, só me interessa o presente". Me pergunto se havia uma colega ao lado, alguém com quem ela quis compartilhar a decepção enquanto o professor falava. Ou talvez ela tenha registrado isso para si mesma, como um lembrete para não esquecer o que tinha aprendido sobre a felicidade, sobre o tempo, sobre nada ser para sempre. Talvez finalmente se sentisse pronta para voar.

Me põe na terra, ou então vai direto pra cremação e pronto! Resolve logo.

Ainda no hospital, me ouvi repetindo as palavras dela quando meu companheiro perguntou: como vocês querem fazer? Minha irmã e eu estávamos em choque, não tínhamos condição de decidir nada, e afinal ela tinha deixado claro o seu desejo, não havia nada a decidir, exceto "que música gostariam na cerimônia de cremação?". Na manhã do dia seguinte, já saindo de casa para o velório, ele me lembrou disso e, sem pensar muito, peguei um CD de Gidon Kremer – *Silencio* – que ouvíamos sem parar naqueles meses: aquela música, você sabe qual, pedi. A beleza de "Come in!" sempre me comoveu de um modo inexplicável. Os quase trinta minutos da composição do russo Vladimir Martynov emanam uma religiosidade etérea, um hino de violinos delicados pontuado por batidas metálicas que me faziam ver alguém batendo à porta, *come in*, entre!

Passei anos sem conseguir ouvir a música que me transportava àquele dia, e só agora, voltando a ela, descubro no Google uma anedota atribuída a Martynov sobre o convite do título, em que ele dizia que, se quiséssemos ser admitidos no céu, teríamos que bater à porta que está dentro de nós, esperando para ser encontrada. De alguma forma, eu sempre soube disso.

Nossos filhos eram pequenos, achamos melhor que não fossem ao velório nem à cerimônia de cremação, mas um dos netos, na época com seis anos, se indignou: então a gente não vai poder nem visitar a *nonna*? Tínhamos ido ao crematório buscar a urna, e a ideia era espalhar as cinzas no mar, de que ela gostava tanto. Mas a reivindicação do pequeno nos atordoou; imaginamos que ele e os outros três poderiam se ressentir, então é isso a morte, a pessoa desaparece? Eles também precisavam de um ritual, a concretude de um túmulo dando forma ao que era mesmo incompreensível – a avó não estava doente, dias atrás era ela no clube, esperando meu filho para o sorvete depois da aula de natação; era ela na quarta-feira anterior almoçando com meus três sobrinhos, sentada no chão com o menor e a coleção de monstros. Foi uma avó presente e presenteadeira, a cada visita um brinquedo, um mimo, roupas iguais para os quatro. Com os netos, ela resgatou a dívida de antes, era amorosa, participava da rotina dos meninos, abraçava e beijava e brincava como nunca tinha feito com as filhas.

Então decidimos enterrar as cinzas. Compramos um espaço no ossário de um cemitério menos tétrico, ao lado de um banquinho de madeira, sob uma árvore, o nome dela gravado numa placa igual a todas que se espalhavam pelo imenso gramado. Um canto bonito, apesar de tudo, um lugar onde os meninos poderiam ir para entender a morte da avó. Foi assim que tentei me justificar, conversando com ela, como fazia sempre que ia ao cemitério. Tinha certeza de que ela teria achado um absurdo – não estava engavetada, mas reduzida a pó dentro de um cofrinho, o que não correspondia ao que havia me pedido. Num raciocínio sem qualquer lógica, eu pensava que, ao menos na morte, ela não queria se sentir aprisionada. Contida, como tinha sido durante toda a vida. Mas, nas nossas conversas, me valia de outro argumento fortíssimo, dado por ela mesma: antes de enterrarmos a urna, minha irmã e eu voltamos ao apartamento dela para começar a organizar roupas, papéis, separar o que iríamos doar, escolher o que ficaria conosco, e lá encontramos caixinhas. Espalhadas pelas gavetas, dentro dos armários, na estante, até na cozinha, dezenas delas, de todos os formatos e tamanhos, de papelão, de metal, de madeira, caixinhas guardando chás, balas, um maço de notas para alguma emergência, sachês perfumados, desenhos e bilhetes da nossa infância, amuletos, bijuterias, as poucas joias e objetos inexplicáveis como antigas moedas italianas, lencinhos de algodão (também dentro de todas as bolsas), a Bíblia e o véu que ela usava na época em que frequentava a igreja, e o que nos deixou atônitas: uma caixinha cheia de penas amarelas – as penas macias que o Jeremias perdia de tempos em tempos, conservadas dentro de uma urna de papel florido, no fundo de um armário. Lembrei que, na época, enterramos o canarinho na terra do jardim do prédio onde ela morava, mas nunca soube que ela tinha guardado uma parte dele, e encontrar a caixa naquele momento nos pareceu um sinal, como se ela tivesse nos guiado até ali a tempo de enterrar a urna do passarinho junto com a dela.

Dias depois, as penas do Jeremias se juntaram às cinzas da nossa mãe, cada qual na sua caixinha. Imaginei que ela ficaria contente, ou, no mínimo, menos contrariada. Mas não consegui não pensar em como tudo aquilo era triste; dois pássaros que nunca puderam voar.

Não gosto de cemitérios, mas a partir de então, eu ia até lá a cada quinze ou vinte dias, levava flores, um incenso, me sentava no banquinho e passava um tempo conversando com ela. Às vezes chorava um pouco, e também me divertia contando alguma coisa engraçada que tinha acontecido, bobagens que me faziam imaginar minha mãe dando risada. Nos primeiros meses, mantive uma flanela e o polidor de metais no porta-luvas do carro, e limpava a placa, reavivando o nome dela, escurecido pelas chuvas. Um ano depois, deleguei a tarefa a um funcionário do cemitério, encarregado também de repor as flores.

Meu sobrinho esteve lá duas ou três vezes. Seus irmãos, acho, nem isso, e meu filho nunca quis ir. Durante sete anos, só eu e minha irmã aparecíamos, visitas que foram rareando até terminarem de vez. Nem eu nem ela precisávamos do jardim e do banquinho para conversar com nossa mãe. Comigo, ela falava através da música – quando a saudade me arranhava, a resposta vinha rápida e barulhenta pelo rádio do carro, no meio de um concerto, na trilha sonora de um filme ao qual eu estivesse assistindo. Às vezes, eu tinha certeza de que o passarinho que aparecia do nada e pousava do meu lado trazia algum recado. Eu gostava (ainda gosto) de pensar no Jeremias voando por aí.

Com minha irmã, as conversas sempre aconteceram em sonhos nítidos, povoando a noite e a casa com o perfume dela: era o Calèche que ela usava, acredita? Eu ficava arrepiada e com inveja – a mim, poucas vezes ela visitou em sonhos. Mas sinto que estamos conversando nas horas em que escrevo.

Sete anos depois, a única coisa que nos ligava ao cemitério eram as contas: o aluguel anual do ossário, nada barato, a mensalidade da floricultura e a do funcionário que cuidava da lápide. Não tinha o menor cabimento continuar pagando aqueles boletos, e telefonei para minha irmã, já decidida: vamos desenterrar a urna, devolver o espaço, chega de cemitério. Fiz o pedido e dias depois avisaram que a remoção já tinha sido feita, eu deveria encerrar tudo com o pessoal da administração.

Não tive coragem de abrir o saco de plástico preto que a funcionária colocou sobre o balcão como uma mercadoria qualquer, evitando tocar no nó feito por mãos sujas de terra úmida. A urna com as cinzas da minha mãe pesava muito, os funcionários não tinham se dado ao trabalho de remover a lama que a envolvia, terra que talvez ainda guardasse algum resquício da caixinha de papelão com as penas do canarinho. Assinei o papel deixado ao lado do saco, a moça já de costas, cuidando de outras burocracias. Engoli a indignação, engasgada, coloquei o saco no porta-malas e entrei no carro, pensando que seria melhor passar em casa antes de seguir para outro compromisso. Deixar minha mãe em casa, foi o que pensei, achando tudo aquilo cada vez mais horrível. Dei a partida e já descendo a ladeira íngreme que leva à avenida Morumbi, liguei o rádio num gesto automático. O acordeão de Piazzolla me paralisou. Era "Oblivion", a música que entoava o esquecimento, um acaso que ouvi como mensagem:

ela, claro que era ela ali falando comigo pelo rádio, e me ouvi dizendo mãe, eu nunca te esqueci, como poderia?

Saí do carro, abri o porta-malas, me livrei do saco. Voltei para casa com a urna enlameada no banco do passageiro.

Dias depois, minha irmã e eu pegamos a estrada. Nós duas e ela, em silêncio, contornando a serra de verdes ensolarados. Quando o mar surgiu pela primeira vez na fresta de uma curva, adivinhei o sorrisinho da minha mãe no banco de trás, os olhos úmidos de oceano, lábios levemente descolados, em contemplação, prestes a dizer a frase inevitável em todas as viagens: precisa correr desse jeito?

Estacionei o carro no limite da praia de Pitangueiras com a da Enseada, e subimos o Morro do Maluf devagar, ela nos braços da minha irmã. Era um dia qualquer, terça ou quarta-feira, não tinha ninguém por lá. Paramos um instante na frente do hotel onde nos hospedávamos nas férias de verão; nós três exatamente ali, com oito, dezoito e quarenta e três anos, na foto que alguém fez: o mar interminável atrás, nossos rostos bronzeados com a certeza da vida imensa pela frente.

No topo do morro, o vento quente envolveu tudo em maresia enquanto abríamos a urna – as cinzas que ainda eram ela pela última vez nas nossas mãos.

Depois deixamos chinelos e bolsas no carro, fomos para a praia quase vazia, nenhum guarda-sol brotando da areia morna. Cruzamos as ondas sem pressa, sentindo o chão se distanciar mais e mais dos nossos pés, nós três submersas num tempo sem tempo, mergulhadas no nosso mar.

Planos para o passado

O meu passado é tudo
quanto não consegui ser.
Nem as sensações de momentos idos
me são saudosas:
o que se sente exige o momento;
passado este, há um virar de página
e a história continua, mas não o texto.

Fernando Pessoa, *Livro do desassossego*

Ver a verdade seria diferente
de inventar a verdade?

Clarice Lispector, *O lustre*

Amor

Começava a clarear quando o pequeno mamute, com pouco mais de um mês de vida, se afastou da mãe. Movido pela curiosidade inocente dos pequenos, se atreveu pela superfície instável de um lago congelado e, quando o gelo cedeu, o filhote se viu em apuros, sufocado pela lama acumulada no leito do rio que ali desaguava. O pequeno mamute se debateu em vão: quanto mais se esforçava para soprar a lama pelas trompas, mais os sedimentos avançavam em direção à traqueia e aos brônquios. Sem conseguir respirar, cedeu, exausto, e sucumbiu no fundo do lago.

Mais ou menos quarenta e dois mil anos depois, numa manhã luminosa na península de Yamal, na Sibéria, o pastor de renas Yuri Khudi notou um volume estranho numa das margens do rio Yuribei. Parecia ser o corpo de um animal do tamanho de um cachorro grande, e quando se aproximou ainda não fazia ideia da descoberta arqueológica que estava testemunhando – de olhos abertos, com a tromba e parte dos pelos ainda espalhados pela carcaça, a múmia do bebê mamute emergira do degelo do permafrost quase como se tivesse se afogado poucas horas antes. Encaminhado às autoridades russas, o achado deslumbrou os cientistas, que puderam realizar exames minuciosos graças ao estado de preservação do fóssil – as primeiras tomografias revelaram tratar-se de um filhote, com um ou dois meses, pesando cinquenta quilos, e que ainda guardava no estômago sinais do leite materno, sugerindo que o corpo poderia ter se conservado tão bem por conta da colonização de bactérias produtoras de ácido láctico. Descobriu-se, ainda, que era uma fêmea, e a batizaram com o nome da esposa do pastor que a resgatou, Lyuba, que em russo significa amor.

Se não tivesse se aventurado pelo lago, a pequena mamute poderia ter vivido sessenta anos ou até mais, e sua história provavelmente terminaria com a de sua época. Mas a grande aventura estava por vir: o acidente que abreviou sua vida fez com que ela atravessasse dezenas de milhares de anos e chegasse até aqui para contar histórias do seu mundo ao mundo que ela não conheceu. No Museu Shemanovskiy, em Salekhard, na Rússia, a pequena mamute ainda está caminhando naquele tempo congelado. Quem sabe ainda sonhe com vidas que poderiam ter acontecido.

1949

Na penúltima cadeira da segunda fila, no canto esquerdo, o sorriso luminoso da formanda da Escola Normal Caetano de Campos ficaria registrado naquela fotografia.

1955

A primeira vez era domingo, e poderia ter sido assim: o jovem que viria a ser meu pai, em mais uma noite solitária na pensão, estaria arrumando o mostruário de correntinhas e relógios que levaria de loja em loja no dia seguinte. Mas talvez estivesse inquieto e resolvesse dar uma volta pelo bairro. Dois quarteirões depois, a igreja iluminada chamaria sua atenção; parado em frente à escadaria, e ainda indeciso, decidiria entrar. A jovem que viria a ser minha mãe logo teria notado a presença daquele estranho ajeitando o paletó apertado, visivelmente deslocado na ala dos homens, olhando para ela e para a amiga, a morena e a loira – Branca, espevitada e altíssima, minha mãe parecendo ainda mais baixinha do lado dela. Sempre que estavam juntas, os olhares masculinos recaíam sobre a amiga, por isso minha mãe teria imaginado que Branca conquistara mais um admirador. Para sua surpresa, foi a ela que ele se dirigiu quando as duas desciam as escadarias da igreja, no final da cerimônia. Um primeiro contato tão desajeitado quanto o terno do moço, que elas descobririam de imediato ser estrangeiro, o sotaque forte arranhando as frases, os gestos largos do italiano que, mesmo com aquela aparência desengonçada, o cabelo preto e armado feito juba, ela achou bonito. Tímida, se arriscou com as poucas palavras que conhecia, os pais eram de Veneza, contou, mas quando ela nasceu já não falavam o dialeto vêneto em casa. A conversa não avançou muito, elas tinham hora para voltar, despediram-se ali mesmo. De braços dados, as duas seguiram pela calçada, passos excitados entre risinhos, confabulando teorias sobre o novo membro da comunidade, esquisitão mas simpático, teria dito minha mãe, secretamente animada com a possibilidade de um reencontro na igreja.

Quando o novo domingo chegou, Branca insistiu para que ela vestisse sua melhor roupa – a blusa de laise azul com a saia creme de pregas largas –, reservada para os dias de festa. Minha mãe teria achado impróprio se enfeitar tanto para ir à igreja, as pessoas reparariam, vaidade não era bem-vinda entre as mulheres. Mas também queria que ele reparasse nela, então se fez bonita e se arrependeu quando o viu, acenando do mesmo lugar e com o mesmo terno do domingo anterior. A primeira impressão se confirmava: era um rapaz simples, assim como ela. Lamentou não estar usando as roupas de sempre, achou que ele perceberia que estava querendo impressioná-lo. Irritada com a amiga, que não parava de cutucar para que ela retribuísse os sorrisos dele, do outro lado do corredor, manteve os olhos no sacerdote até o final do culto. E então lá estava ele, na calçada, à espera das duas, desta vez com algumas frases ensaiadas e o dinheiro separado no bolso, convidando para um suco na padaria. Naquele e nos domingos seguintes, ele as acompanharia até a porta de casa – a de Branca, um quarteirão antes da casa dela, no sentido oposto ao da pensão dele. Num desses breves passeios, ele confessaria ter se encantado com o jeito dela de apoiar um dos pés de leve sobre o genuflexório, *graziosa* e *piccolina*, teria dito, e pela primeira vez ela não se sentiria mal com seu um metro e meio de altura. Ele era atencioso e saberia esperar até a noite em que ela finalmente o convidaria para entrar, os pais já à espera na sala para autorizar o namoro no portão. No começo de tudo, ela sentia carinho, gostava da companhia dele, gostava, acima de tudo, de se sentir desejada, e talvez tenha sido assim que ele a conquistou. Aos poucos, ela começaria a sonhar com uma vida ao lado dele.

Durante quase dois anos, ele trabalharia dia e noite, conquistaria clientes fiéis entre os comerciantes da Praça da Sé, XV de Novembro, Quintino Bocaiuva, juntaria algum dinheiro e, com a ajuda do sogro e do tio, conseguiria comprar um sobradinho nas proximidades da casa dos pais dela. Estariam muito apaixonados quando se casassem, e mais ainda quando eu nascesse, doze meses depois.

1962

Na primeira vez que voou, ela não teria sentido medo, mas não conseguiria dormir, viajando de volta aos seus dezessete, dezoito anos, quando folheava revistas à procura de fotos daquelas mulheres que a fascinavam: as comissárias de bordo. Naqueles dias, esqueceria a própria vida sem graça admirando a elegância dos tailleurs, as echarpes bem colocadas, os penteados perfeitamente encaixados nas boinas, fixada nas imagens que projetavam uma carreira empolgante, mulheres independentes conhecendo países, conversando com pessoas de todos os lugares. Pensaria em si mesma vivendo assim – uma miragem acalentada em segredo e com poucas chances de se tornar real, não só por conta da régua de corte das companhias aéreas, que, naqueles anos, descartavam candidatas com menos de um metro e cinquenta e oito, que não conseguiriam alcançar o bagageiro superior das aeronaves. Pior que isso, o pai. Ele jamais permitiria. Como suas irmãs, ela só sairia de casa com um marido. Casamento era o único futuro possível no horizonte, e, cada vez que ousasse tocar no assunto, ouviria a mesma ladainha: agora você é a única filha da casa e tem que ajudar a mãe como suas irmãs fizeram até se casarem. O que você quer? Virar uma dessas professoras solteironas? Ou, quem sabe, secretária, como a idiota da sua prima Nilza? Aquela tonta caiu em desgraça, imagina se o chefe safado queria alguma coisa séria com ela! Deu no que deu e acabou pra ela, trinta e dois anos e com essa mancha no passado, é isso o que você quer? As conversas sempre acabavam com a sentença do pai condenando a sobrinha que só dera desgosto à família, pobre do meu irmão, a doença dele é essa filha, a mancha que a prima nunca conseguiria apagar nublando o sonho da minha jovem mãe – voar nas asas da Panair.

Ela nunca quis ser professora nem secretária. Mas queria aprender inglês e, como não tinha dinheiro para frequentar um curso, aceitaria os livros usados que uma colega de escola lhe ofereceria – sozinha, não conseguiu avançar muito, sentiu-se incapaz de transpor as barreiras do verbo *to be* e de um mundo que parecia cada vez mais distante. Tudo isso estaria passando pela cabeça dela naquele primeiro voo, enquanto olhava para as aeromoças se movendo com agilidade pelo corredor estreito, desafiando as leis do equilíbrio sem sair do prumo durante as turbulências, parecendo tão donas dos seus destinos. Em seu devaneio, ela se veria naquela passarela, firme sobre os saltos altos, à vontade dentro do uniforme impecável, as mãos tocando a borda das poltronas com graça, o rosto atencioso voltado ao passageiro que pedia mais um drinque ou um travesseiro extra. A certa altura, talvez se levantasse para escovar os dentes e parasse um instante ao lado da cortina que separava o banheiro da área de serviço de bordo, tentando ouvir a conversa entrecortada pelo abre e fecha das portas das pequenas geladeiras, adivinhando risos abafados pelo ritmo das bandejas que saíam dos armários, e, quando uma aeromoça aparecesse de repente por trás do carrinho pedindo licença, ela abriria a porta do banheiro e se trancaria no espaço minúsculo.

De volta ao seu lugar, ajeitaria o travesseiro sob minha cabeça caída na poltrona e, olhando para a menina e para o homem que ainda dormiam, voltaria a pensar em si mesma de outra forma. Não tinha tido a chance de escolher, mas adorava ser mãe, amava o marido, e, quando a aeromoça trouxesse o café da manhã, repararia nas olheiras e no excesso de maquiagem tentando disfarçar a noite maldormida.

Enquanto o avião manobrasse entre nuvens para aterrissar em Dakar – parada obrigatória para abastecer antes de continuar rumo à Itália –, ela descobriria o deserto pela janela e agradeceria pela sua vida, a miragem da juventude se desfazendo sem deixar vestígios na terra firme dos seus dias.

1972

Ele já seria um homem bem-sucedido e viajava a negócios com frequência quando o casamento começasse a esfriar. Imagino que já tivesse acontecido antes. Casos rápidos, arranhões superficiais que desapareciam sem deixar marca, ou que, talvez, ela preferisse fingir não ver. Mas não daquela vez. O corte era profundo e sangrava com as desculpas frequentes, de última hora o jantar com um cliente importante, compromissos de trabalho nos finais de semana, a ausência dele ocupando cada vez mais espaço nas nossas vidas. Ela sempre foi discreta, mas, naquelas manhãs, o bom-dia frouxo e os olhos vermelhos contariam da noite difícil, e o que escapasse à filha ainda pequena ficaria claro para a adolescente de quase quinze anos. Mesmo assim, eu teria me assustado quando ela dissesse que iria viajar, a Jussara me convidou pra ficar com ela na fazenda, vai ser bom sair um pouco, preciso de um tempo, filha. Como assim, um tempo? Quanto, quando? Uns quinze, vinte dias, ou mais, não sei... Vou com sua irmã, e se quiser você pode ir pra lá nos finais de semana, de ônibus leva umas quatro horas, acho, só não quero que você perca aula. Mas, mãe, o que tá acontecendo?

Ela não teria dito tudo o que eu ficaria sabendo depois, apenas: acho que dessa vez não é só uma aventura, e eu não teria tido coragem de perguntar sobre outras vezes, chocada com a revelação de que meu pai não era diferente do pai da Lúcia, a amiga que vivia me contando das brigas em casa e de como a mãe aturava em nome das aparências: mas que aparências se todo mundo sabe que o casamento deles é um fiasco? Eu morria de pena da Lúcia, e agora sentiria o mesmo por nós. Abraçando minha mãe com força, tentaria juntar – como se pudesse – os pedaços de seu coração partido.

Dois meses depois, ela voltaria para a casa onde ele já não morava. Na noite anterior à chegada dela, meu pai apareceria mais cedo do que de costume e ficaria me rodeando na cozinha, enquanto eu ligasse o forno para esquentar os filés à milanesa que a Cidinha teria preparado para o jantar. Quando sentássemos, ele viraria de uma só vez o copo cheio de vinho empurrando o prato. Filha... sua mãe e eu... você sabe... O pedaço de filé espetado no meu garfo ficaria parado no ar. Seria a primeira vez naquele tempo todo. Há muito trancada num silêncio cheio de raiva, eu mal responderia às perguntas bobas dele, tudo bem na escola?, as provas já começaram?, você não desgruda desse livro, é sobre o quê? Mas finalmente, depois de todos aqueles dias, a única conversa que me interessaria, e que só naquela hora, perceberia, eu não estaria preparada para ouvir: sua mãe chega amanhã e vai ser melhor se eu não estiver aqui... nós precisamos de um tempo pra acertar as coisas... mas nada disso tem a ver com você e com a sua irmã, eu amo vocês, e amo a mãe de vocês, amo desde o dia em que a vi naquela igreja... mas às vezes as coisas ficam complicadas e... bom, eu não queria que fosse desse jeito, mas ela... sua mãe me pediu pra sair de casa.

Não sei se teria chegado a dizer alguma coisa ou se começaria a chorar enquanto ele ainda falava. Ele estaria arrasado e, com um abraço desajeitado, me deixaria sozinha na mesa da copa, ouvindo o som enferrujado das portas do maleiro sendo abertas. Antes de sair, ele me daria um pedaço de papel com um número, você pode falar comigo na hora que quiser. O chaveiro pendurado na maçaneta ainda estaria balançando quando ele trancasse a porta do lado de fora.

Dias depois de voltar da fazenda, ela iria ao cabeleireiro, mudaria o corte, faria mechas acastanhadas. Eu nunca teria visto minha mãe tão magra, o pescoço mais comprido, o nariz adunco ainda mais saliente. Ela estaria diferente, não só na aparência. Continuaria triste durante meses, e, por mais que tentasse disfarçar quando minha irmã e eu estávamos por perto, seu esforço seria visível, ao menos para mim. Mas ela estaria determinada e diria não todas as vezes que ele pedisse para voltar.

1973

Antes de terminar o último semestre do curso de inglês, ela começaria a dar aulas particulares.

1974

Ela teria encolhido a barriga sem se dar conta da mão ajeitando o cabelo. Na mesma hora, eu me lembraria de um psicólogo falando sobre linguagem corporal feminina, os gestos e movimentos que as mulheres fazem quando giram a chave da sedução. Por acaso eu estaria com ela no elevador e me divertiria vendo minha mãe disfarçar a surpresa do encontro com aquele homem alto e magríssimo, o topete farto, encostando nos cinquenta anos, olhinhos miúdos piscando na minha direção, e esta, é a sua menina?, ele perguntaria com a elegância que não esconde certa intimidade. A conversa seria tão breve quanto os quatro andares que teríamos partilhado; ele seguiria para a garagem e nós sairíamos do elevador no térreo, ou será que ela estaria nas nuvens e por isso nem escutaria a pergunta, que eu precisaria repetir: mãe, e esse português charmoso, hein? Larga mão de ser boba! Ele é muito gentil, está morando no prédio há pouco tempo, conversamos na reunião da semana passada, aquela que o moço do 10º convocou por conta do vazamento no apartamento dele... Uma confusão, como sempre. O coitado não entendia nada, a doida do 501 querendo derrubar o síndico, todo mundo falando ao mesmo tempo, imagina a bagunça? Sei, sei, e, por conta do meu tom francamente malicioso, ela se faria de ofendida: sabe, sabe o quê? Eu não sei de nada, só comentei que ele é charmosão. Nem reparei, ela diria, e, aliás, você arrumou aquela bagunça no seu armário? Teria sido a minha vez de fugir do assunto e eu acabaria esquecendo da cena com o português.

Dias depois, precisando marcar consulta no dentista, eu abriria a gaveta da mesinha do telefone em busca da agenda. Na letra C, encontraria o número do dr. Carlos e um pedaço do papel azul do bloco de recados com um número identificado por um "A." entre parênteses. Sem pensar em nada que não fosse minha dor de dente, ligaria para o consultório, tomando o cuidado de encaixar o papelzinho na letra A.

Quando ela entrasse em casa, eu repararia no corte novo, ficou ótimo, mãe, e você também fez umas luzes?

Não seria uma mudança radical, um toque discreto, como tudo nela, mas lhe cairia muito bem. Gostou? A Janice fez cara feia quando mostrei a foto, não sei por que as cabeleireiras ficam irritadas quando a gente dá palpite, mas eu queria um corte igual ao da Beatriz Segall, com umas mechas mais clarinhas, olha! E tiraria da bolsa a página arrancada de uma revista: até que ficou bem parecido, não? Mais uma vez, eu não pensaria em nada, mas festejaria secretamente o que me pareceria um bom sinal – o penteado novo, ela se cuidando, minha mãe animada, uma grande novidade.

Só desconfiaria de alguma coisa ao encontrar a caixinha de fósforos de um restaurante badalado no armário da cozinha. Ela estaria preparando um café e não teria visto quando eu colocasse a caixinha no bolso; só depois de terminar minha xícara, eu acenderia um cigarro com um daqueles fósforos, perguntando: você foi lá? Ela não sabia mentir, os olhos sempre contrariavam o que a boca falava, então mais que depressa levantaria da mesa com uma xícara em cada mão e, de costas para mim, abriria a torneira tentando molhar as palavras com naturalidade: ah, fui almoçar lá com a Antonieta, sabe a Antonieta, do grupo do tricô? Eu continuaria ouvindo sem interromper: capricharam na decoração, tudo muito chique, mas achei caro e a comida não é tudo isso, o que então soaria como verdade, me levando a concluir que, sim, ela teria ido ao restaurante, mas não com a Antonieta. E então me lembraria do A. largado na agenda. Mas o papelzinho já não estaria lá quando abrisse a caderneta novamente, e o tal A. não teria sido incluído na lista dos conhecidos: Antônio, encanador; as amigas Adelina e Amelinha; e Airton, marceneiro. Talvez eu presumisse que ela estaria escondendo alguma coisa, mas por quê? Ou, quem sabe, me convencesse de estar imaginando histórias e, atrasada, fecharia a gaveta, buscaria a mochila e fecharia a porta carregando perguntas, à espera do elevador, que chegaria rapidamente com a resposta: boa tarde, menina, como tem passado? Bem, e o senhor? Senhor... como é mesmo o seu nome? Américo, e não carece desse senhor, mesmo eu sendo um bocado mais velho que a menina.

Numa tarde qualquer, arriscaria uma conversinha inocente com o zelador. Descobriria que o senhor Américo era viúvo, antes morava no Pacaembu, mas com a morte da esposa teria vendido a casa, preferindo morar em um apartamento. O filho viria pelo menos uma vez por semana, às vezes com a namorada, ou esposa, disso o zelador não teria certeza. E, se soubesse de alguma coisa sobre o português e a minha mãe, ele não diria nada, se fazendo de bobo, como um zelador avesso a fofocas deve ser. Eu pensaria que, talvez, marcassem encontros longe do prédio, ela tinha horror à fofoca, imagina o que vão falar? A tática e a frase eram a cara dela. Sobre as possíveis visitas que se faziam – encontros furtivos no final da tarde? –, tudo poderia acontecer sem testemunhas, um pulinho pelo elevador ou mesmo pelas escadas de serviço. E, como nunca teria encontrado qualquer sinal dele no nosso apartamento, eu imaginaria que sempre era ela a visitante.

Nunca falaríamos sobre isso. Eu respeitaria o segredo dela, até porque, se perguntasse, provavelmente ouviria o de sempre – nem penso nisso, deus me livre, homem nunca mais, já passei da idade. Não saberia quanto tempo a história teria durado, certa de que ela só se abriria se o caso ficasse sério. Como minha mãe poderia sustentar as críticas que vivia fazendo ao comportamento de certas mulheres "desquitadas", as aspas contendo o preconceito que ela endossava apesar de sentir o peso arder na própria pele?

Mas, a cada vez que ela comprasse um vestido novo, ou desse uma desculpa para justificar as sobras do almoço virando jantar, ou, o que se tornaria frequente, desligasse o telefone assim que eu ou minha irmã aparecêssemos na sala, eu teria de controlar a minha vontade de fazer festa. Em silêncio, eu comemoraria minha mãe dissimulando a felicidade.

1981

Filha querida,

Paris é mesmo uma festa! Estou adorando muito, muito.

O único problema são os croissants e os crèmes brûlées, já desisti de fechar o zíper, mas não pretendo fechar a boca, quero aproveitar cada minuto de tudo tão delicioso aqui.

Beijos meus e da Jussara.

(Ontem estivemos aqui, que espetáculo essa torre!)

Muito tempo depois dessa viagem, cada vez que entrasse no meu escritório, ela iria se reler no cartão-postal pregado no quadro de cortiça.

1988

Tinha pensado em viajar sozinha. Depois achei que poderia ir com uma amiga, mas logo desisti da ideia. Ficar ao meu lado não seria divertido para ninguém. Num impulso, sem que tivesse planejado, convidaria minha mãe quando estivéssemos saindo do fórum, minutos depois de assinar a papelada do divórcio. Ela teria feito questão de me acompanhar, não tem cabimento você ir sozinha, vai que aquele cretino resolve armar um escândalo na hora H? Ela estaria pensando em outro tipo de escândalo, mas quando o "cretino" começasse a chorar na frente do juiz e dos advogados, ela me encararia com olhos de eu não disse? As lágrimas dele não mudariam o curso das coisas – a encenação de marido arrependido já não funcionaria – eu conhecia bem a rápida transformação da vítima em vilão. A choradeira só faria com que tudo ficasse ainda mais tenso e constrangedor, e, quando finalmente acabasse, eu sairia do prédio pronta para entrar no primeiro táxi da fila, mas minha mãe faria uma proposta: faz anos que a gente não vem pra cá, vamos aproveitar pra andar um pouco pelo centro da cidade? Mesmo sem nenhuma disposição para um passeio, eu concordaria, e da praça Dr. João Mendes caminharíamos até a Sé, ela equilibrando suas bolas de sorvete durante o trajeto até a rua Direita, e então atravessaríamos o Viaduto do Chá, ah, como você gostava de vir comigo aqui, lembra?, tão diferente do Mappin daquela época; e talvez fosse por ali, entre a rua Coronel Xavier de Toledo e o Vale do Anhangabaú, que eu faria o convite, o Circuito dos Lagos Andinos, que você sempre quis conhecer, vamos?

Eu ainda nem tinha pensado para onde iria. Só queria acordar daquele pesadelo em outra paisagem, e poderia ter sido assim: naquele dia, como se fosse para ela, eu me daria um presente. Embarcaríamos duas semanas depois e, entre o sobe e desce dos ônibus, entre as águas dos lagos e os picos nevados que avistaríamos a bordo de lanchas e catamarãs, entre o silêncio das noites nos quartos de tantos hotéis e a balbúrdia dos dias narrados por guias turísticos entediados, eu teria me deixado levar no colo dela, sem me perceber rindo e comendo com um prazer que não sentia há tempos. Entre o fim de um casamento infeliz e o começo de alguma esperança, nada poderia ter sido melhor do que minha mãe ao meu lado.

1994

Engravidamos juntas: eu tinha trinta e sete anos; minha irmã, vinte e sete; e ela, aos sessenta e dois, daria à luz uma avó que não tinha ideia do quanto ainda poderia amar.

2003

Ela continuaria preocupada, mas menos intranquila quando nos contasse. Por causa de um sangramento, teria antecipado a consulta ginecológica que costumava fazer entre o final do novembro e o início de dezembro. Repetiria para nós a pergunta que fizera à médica, possivelmente com as mesmas palavras: será que... quer dizer, você acha que pode ser...? E talvez tenha empalidecido quando a ginecologista confirmasse que poderia ser, nomeando a doença que ela mais temia – as quatro irmãs tinham perdido a guerra para tumores de intestino, mama, pâncreas e útero. Era só uma possibilidade, e, dias depois de fazer os exames necessários, receberia a notícia por telefone: não havia nenhum sinal de alterações celulares malignas no Papanicolau. De todo modo, a médica faria questão de investigar melhor, uma histeroscopia tiraria todas as dúvidas, e o sangramento seria mesmo um sintoma de hiperplasia endometrial, problema relativamente comum na menopausa.

Faltariam poucos dias para o início de agosto quando a médica indicou a curetagem. Na última consulta, ela perguntaria se o procedimento poderia ser adiado; já que não era grave nem urgente, ela preferiria operar em setembro. A médica estranharia: você tem alguma coisa programada, uma viagem? Mesmo com a intimidade de anos no consultório, ela não teria coragem de revelar o motivo do pedido, diria apenas: não, não, tudo bem, vamos marcar logo, talvez decidindo naquela hora se livrar da superstição da vida toda, e se lembraria do que vinha se dizendo sobre não ter cabimento culpar o mês por qualquer contratempo que acontecesse nos seus trinta e um dias, até porque a notícia mais linda dos últimos tempos tinha sido o nascimento do neto mais novo numa sexta-feira, 13, três agostos antes.

Ao sair do hospital, ela estaria disposta a cumprir a promessa que teria feito para as filhas antes da anestesia: caminhar todos os dias e encarar uma dieta. Mas, negociando consigo mesma, teria resolvido que merecia um afago depois do sufoco, e pararia em uma doceira antes de ir para casa, ainda indecisa entre musse de chocolate e torta de morango.

Memória de futuros

Para fazer literatura
você tem que ser
terrivelmente sincero.
E é incrível:
se você atinge a verdade,
está fazendo ficção,
que é mentira.

Elvira Vigna

2004

No dia do aniversário de setenta e dois anos, ela acordaria antes das oito horas porque teria esquecido de baixar a persiana e a claridade acenderia a cortina de voile creme. Não seria o caso de levantar tão cedo, ela não teria marcado nada antes do almoço, mas não conseguiria continuar na cama porque agora sentia a urgência do xixi e, além do mais, já teria se irritado com a visão da cortina que não teria voltado da lavanderia perfeitamente limpa. Enquanto seus pés estivessem procurando o chinelinho de veludo escondido sob a cama, ela pensaria mais uma vez que talvez fosse o caso de trocar a cortina, quem sabe um tecido estampado, que alegrasse o quarto camuflando manchas. Mas não continuaria pensando nisso, não agora, até porque já teria feito as contas e nesse mês já não seria possível arcar com despesas extras. O vazamento no banheiro teria zerado tanto o orçamento quanto o seu humor – por conta do quebra-quebra, de toda aquela poeira e das presenças incômodas do encanador e, depois, do pintor. Felizmente a obra teria terminado na semana anterior, a casa já em ordem, e ela teria planejado um dia tranquilo para comemorar o aniversário – caminharia sem pressa pela rua Augusta até a loja onde teria namorado uma camisa de seda muito elegante na vitrine, e talvez fizesse um lanche rápido por lá mesmo, só para enganar o estômago, pois teria marcado com as filhas na doceria predileta, onde se presentearia com risoles de queijo, uma empanada de carne e uma – talvez duas – daquelas tentações encobertas por chocolate.

Saindo do banheiro, ela iria para a cozinha, prepararia uma xícara de café instantâneo e colocaria uma fatia fininha do bolo de laranja sobre um guardanapo de papel – não vale a pena sujar um prato só por isso, pensaria, recolhendo com a ponta do indicador os farelos que escapassem sobre a toalha. Espantaria os mosquitinhos que rondavam as bananas maduras, talvez já passando do ponto, mas perfeitas para um bolo ou para aquela receita de pudim que teria recortado de uma revista. Talvez ela também se lembrasse da bronca da médica, culpando-se por ter preferido o bolo à fruta, mas logo se convenceria de que aquela fatia mínima certamente continha menos carboidratos do que uma banana, e, depois de lavar a xícara e a colherinha, voltaria ao banheiro para tomar uma chuveirada rápida, sem molhar os cabelos, que teria cortado e pintado no dia anterior. Tiraria do armário um vestido de verão e olharia para o par de tênis novíssimos ao lado das sapatilhas baixinhas, calçaria estas, voltando a colocar os chinelos ao lado da cama. Não conseguiria não pensar sobre o tênis que a filha teria comprado para ela semanas antes, certa de que a filha perguntaria se o modelo era confortável, se ela estava caminhando todos os dias como prometera, e anteciparia o sermão de sempre – você precisa se exercitar, mãe, sempre exagera nos doces e não mexe o corpo, na sua idade... –, e, porque não se chatearia por nada no dia do seu aniversário, diria meia-verdade, porque, sim, ela continuava indo a pé ao supermercado, ao banco, às compras e aos passeios pelo bairro, caminhando no seu ritmo, como fizera a vida toda. Mas não admitiria ainda não ter usado o tênis, que provavelmente nunca usaria – no armário, só vestidos, saias e calças de alfaiataria, uma única calça de moletom, "roupa de ficar em casa", como sempre dizia, e nenhum jeans, porque ela se sentia deselegante vestida desse modo. Afinal, qual a diferença, se perguntaria: o exercício não é o mesmo?

Espalhando duas gotas da colônia de rosas atrás de cada orelha, ela olharia para a foto da sua mãe, sobre a penteadeira, lembrando com tristeza que dona Rosa não chegara aos setenta, e se surpreenderia ao dizer setenta e dois em voz alta, como diria a partir de agora quando alguém perguntasse sua idade – ela nunca a escondeu. Logo apareceriam os pensamentos que volta e meia a afligiam: as dores e doenças da velhice, "aquela" doença jamais nomeada, a morte. O medo da morte. Ela sacudiria a cabeça espantando maus presságios, não se deixaria capturar na armadilha de sempre, não neste dia, e, como quem procura um motivo para mudar de assunto, abriria o potinho de creme anti-idade, lambuzaria dois dedos pela superfície do vidro quase vazio e decidiria comprar o refil hoje mesmo, antes de almoçar. Talvez até desistisse da camisa se encontrasse o firmador para o pescoço que uma amiga teria recomendado, presente muito mais útil, pensaria, na frente do espelho, observando as pregas da pele.

2014

No dia do aniversário de oitenta e dois anos, ela viveria um presente.

Minha irmã e eu teríamos ficado surpresas, a vida inteira ouvindo o mesmo "não preciso de nada", e finalmente ela se permitindo pedir o presente que gostaria de ganhar, uns dias na praia, qualquer uma aqui pertinho, ela diria, emendando rápido: um hotel gostoso, mas nada de luxo, não quero que vocês gastem dinheiro comigo! Então nos apressaríamos para resolver tudo, ela não poderia ir sozinha e nós duas faríamos questão de passar o aniversário ao lado dela. Melhor que hotel, uma casinha bem perto da praia, sugeriria minha irmã, e eu, descobrindo sol e chuva na previsão do tempo, aconselharia colocar uma ou duas malhas de algodão na mala enquanto ela estivesse verificando a nécessaire de remédios pela terceira vez.

Pegaríamos a estrada debaixo de uma chuva fraca, e, mesmo com o caminho livre, o velocímetro não ultrapassaria os noventa quilômetros por hora, evitando que a todo momento ela me pedisse para ir mais devagar, mais ainda na serra encoberta por uma neblina densa. Chegaríamos no meio da tarde abafada e rapidamente abriríamos todas as janelas da casa, ela reclamando do cheiro de mofo e, antes mesmo de sentar, criticaria o sofá de alvenaria, desconfortável. Deixaríamos o quarto com cama de casal e banheiro para ela, minha irmã e eu disputando no par ou ímpar quem dormiria na parte de baixo do beliche, no segundo quarto. Haveria mais um, trancado, e o proprietário já teria nos avisado que guardava ali as roupas da casa e objetos pessoais.

Nos dois primeiros dias, passaríamos a manhã e a tarde na varanda da casa, uma garoa fina desfocando a vista da praia. Por sorte, ela teria levado um quebra-cabeça impossível, mil peças brancas espalhadas sobre a mesa, ela disposta a escalar aquela imensa montanha coberta de neve, minha irmã e eu deixando os livros de lado a cada dez minutos para procurar mensagens do sol entre as nuvens.

Eu colocaria um ovo na janela, e, na manhã seguinte, frustrada com o fiasco da simpatia, colocaria mais um, enquanto ela, completando a moldura do quadro com a pecinha que faltava e sem tirar os olhos da mesa, avisaria: só o ovo não adianta, tem de pedir com fé. Na falta de prece, eu arriscaria uma música antiga, *Santa Clara clareou / São Domingo alumiou / Vai chuva, vem sol enxugar o meu lençol*, e cantaríamos juntas, desafinadas, divertindo o dia escuro. Nas horas úmidas, eu aqueceria algum dos pratos congelados que teríamos trazido e abriria uma garrafa de um vinho de que ela gostaria, um rosé suave e adocicado, com teor alcoólico quase imperceptível, mesmo assim ela nem chegaria a tomar dois goles depois do brinde, já estou ficando tonta, diria, a mão sobre o copo quando eu tentasse enchê-lo outra vez.

À noitinha, a chuva daria sinais de trégua, e antes de fechar a porta-balcão que separava a varanda da sala, minha irmã e eu olharíamos uma vez mais para o céu, quem sabe uma única estrela se atrevendo na escuridão? Iríamos dormir planejando novidades para animar o dia seguinte, os ovos já repostos na geladeira, nós duas descrentes de Santa Clara e seus milagres. Mas, na manhã do aniversário, o horizonte reapareceria riscando perfeitamente o limite do oceano e, ao acordar, não encontraríamos nossa mãe na sala; ela já estaria na praia, os pés brincando na areia, os olhos nadando no mar, vivendo o presente que havia pedido.

2024

No dia do aniversário de noventa e dois anos, ela seria acordada às nove horas pela voz familiar de uma desconhecida e, ainda confusa, arrancada da noite para o dia pela correia da persiana, não teria certeza de que o nome que a voz diz é o dela, mas retribuiria o som carinhoso daquela palavra, talvez sem se dar conta de estar sorrindo, e, como se dentro de uma caverna, ecoaria o nome e o bom-dia que ouvira, a voz arranhada pela rouquidão depois de doze horas de silêncio. Aceitaria ajuda para se levantar da cama, ainda que, talvez, preferisse continuar ali, como diria o corpo preguiçoso, fazendo movimentos indecisos de vai e vem. Com a testa franzida, de repente séria, ela apertaria os olhos voltando a se parecer com a mulher que costumava ser, o rosto marcado por linhas de uma preocupação difusa. Tão rápido como teria surgido, a expressão desapareceria, e a mulher que então se deixaria levar até o banheiro seria outra, tateando o caminho com pés inseguros, olhos esquecidos no chão. Tudo nela já não seria ela, ou, talvez, mais do que nunca fosse aquela mulher frágil, dependente, submissa.

Eu abriria a porta com minha chave, jogaria a bolsa no sofá e, seguindo o som do chuveiro, entraria no banheiro com um olá animado para a cuidadora e para ela, que olharia por um instante na minha direção, e, sem dizer nada, voltaria a se fixar nos pingos escorrendo pelos braços da cadeira com encosto e pés emborrachados. O verão estaria quentíssimo, e eu perguntaria para a cuidadora sobre um segundo banho, antes de dormir? Ela responderia: de jeito nenhum, essa pele fininha e tão ressecada não aguenta, banho dia sim, dia não, e olha lá. Acompanhada por nós, ela voltaria para o quarto só com a camiseta larguíssima de algodão e uma fralda enorme, que a cuidadora trataria de cobrir com um moletom leve, e eu me surpreenderia com a habilidade da moça escalando a calça pelas suas pernas enquanto ela, sentada, se divertiria puxando as pontas do cordão que enlaçaria a cintura. Diferentes de antes, as mãos dela agora se interessariam por tudo; então a cuidadora logo lhe entregaria o lenço largado na cama, um pedaço de pano amarfanhado que teria sido branco e que ela alisaria com cuidado, depois tentaria dobrar e de novo amassaria até perder o interesse por aquela bola disforme. Ao lado da poltrona onde ela estaria sentada, eu observaria a cuidadora massageando os pés pequeninos com hidratante antes de vestir as meias e calçar o tênis. Ela agora estaria quase sempre de tênis ou pantufas, mas em certos dias se recusaria, contrariada: não, não, diria com irritação, e a cuidadora entenderia na hora, buscando imediatamente algum dos sapatinhos baixos com sola de borracha. Mas neste dia ela não reclamaria de nada, parecendo ainda mais dócil que de costume, o humor perfumado pela colônia que eu espalharia pelo seu pescoço, fazendo brotar um inesperado *ah* de sua boca aberta em aprovação. Quase pronta, diria a moça, alcançando o batom na mesinha de canto para, sem muito talento, espalhar uma nuvem rosa pelo fio em que os lábios dela teriam se transformado.

Logo depois do café da manhã, eu convidaria: vamos dar uma volta pelo jardim? Então eu contaria novidades, começando com as notícias que o neto mais novo mandava sobre o curso nos Estados Unidos e faria suspense para anunciar que o mais velho seria pai em breve, uma menina, sua primeira bisneta, mãe, olha que maravilha, agora eu também vou ser avó! Sem ter certeza de que ela teria entendido, eu comemoraria com o abraço da cuidadora, que coisa boa, um bebê na família, parabéns! E logo mudaria de assunto, recontando histórias que, antes, ela teria partilhado com cada um dos netos, atenta a um clarão repentino que às vezes escapasse de algum dos buracos da memória.

Aconteceria de vez em quando, ela mais e mais presa no oco dos dias. Depois que tivéssemos dado duas ou três voltas ao redor da casa, passando pelo quintal e voltando ao jardinzinho da frente, a cuidadora nos convocaria para a atividade antes do almoço. Dançar?, repeti, espantada, tentando me lembrar dela dançando, quando? E, antes que eu pudesse comentar qualquer coisa, a música já estaria tocando no celular da moça, a estrela-d'alva despontando no jardim ensolarado, ela com os braços estendidos na minha direção. Teria sido como se minha mãe me dissesse: vem, esquece você também o passado. E eu aceitaria o convite dessa outra mãe, aproveitando o presente que surgiria tão inesperado. De mãos dadas, brincaríamos numa roda lenta, fora do compasso da música e das palmas animadas da cuidadora, até ela de repente se soltar de mim, talvez seguindo para um baile de Carnaval antigo ao qual só ela teria ido. Eu me aproximaria sem tocar nela, protegendo seu corpo com uma rede invisível – um tropeço, o tombo, meus medos todos, que ela não perceberia, e a essa altura também eu teria me tornado invisível, ela, de olhos fechados revendo o que ainda existiria dentro de si, embalada pela música que ninguém mais poderia ouvir, cantarolando passados no ritmo descontínuo do tempo.

2054

No ano em que eu faria noventa e sete anos, e no mesmo dia em que ela nasceu, a primeira bisneta chegará aos trinta.

Ela tem as sobrancelhas fortes e a morenice do pai, os cabelos fartos, cacheados, como os da mãe. É muito próxima do único irmão, dez anos mais novo que ela, filho do terceiro casamento da mãe. Amiga de quase todas e todos os ex-namorados, eventualmente volta a se apaixonar por uma ou um deles. Vive na intensidade das paixões, desconfiando ainda não ter experimentado o que chamam de amor. De vez em quando pensa nisso, movida por certa inquietação – não chega a ser desejo, muito menos sonho. Ela se sente ligada a muitas pessoas, às ideias e à arte, que transformou em profissão: constrói holografias precisas de personagens dos livros que, agora, raramente são lidos, mas continuam sendo vivenciados através da leitura feita por androides, que parecem descendentes virtuais dos antigos contadores de histórias. Em ocasiões as mais diversas, grupos se reúnem para ouvi-los, reencenando a tradição das narrativas orais. E, quando há apenas um ouvinte, os androides assumem a forma de um avatar sensível que capta expressões faciais – os movimentos, mínimos, das pupilas –, a ponto de ler no ritmo e com o olhar daquele único leitor, se interrompendo precisamente nos trechos em que a imaginação se alarga, acionada por assombro ou deslumbramento.

Ela canta quando está sozinha, é afinada. Às vezes dança em silêncio, se move no compasso de uma música que só ela escuta. É magra e, quando cozinha, costuma esquecer do sal mas nunca de um curry ou de alguma pimenta fortíssima. Veste roupas largas, se repete em azuis e tons de laranja, não há cores escuras no seu armário. Usa só um anel, no dedo mindinho da mão esquerda – agora é dela a água-marinha que foi da bisavó e depois minha –, a única joia que guardei para dar à primeira neta que nascesse. Ela.

Reconheço o formato das minhas mãos nas dela, as palmas côncavas com linhas profundas, os dedos longos, as pontas finas com unhas pequenas, sempre curtas. As orelhas, pequeninas, são exatamente iguais às do pai do meu filho, e é desse avô o olhar dela em certos momentos, a expressão de uma alegria infantil que surge num brilho repentino. Da bisavó, ela tem os cílios longuíssimos, densos e curvados, a pele fina, com a mesma ruga precoce, dois traços separando as sobrancelhas como parênteses invertidos. Mas, diferentemente da expressão de eterno desassossego que essas linhas imprimiram em minha mãe, nela esses riscos arregalam os olhos com o brilho de uma curiosidade interminável.

Cuida mal do pequeno jardim da casa térrea onde mora (ainda assim, o pequeno manacá de cheiro prospera em roxos e lilases). Vive quase sozinha; a amiga que ocupa o quarto menor viaja na maior parte do tempo, usa aquele espaço para breves pousos nos intervalos entre suas andanças pelo planeta. Mas o irmão a visita sempre, às vezes dorme lá, no colchão extra que ela guarda debaixo da cama. Nessas noites, conversam por horas, ele confessa medos, ela desenha futuros. Também falam de coisas desimportantes, flutuam entre amenidades, e ele sempre adormece antes. Parece se sentir seguro perto dela.

A sala da casa é espaçosa, tem poucos móveis e um único vaso, onde ela às vezes coloca margaridas, flores que nunca apareceram nos cenários de nossas casas. Quase todos os objetos pessoais ela guarda no quarto, neste de agora, um espaço íntimo que a bisneta de minha mãe leva dentro de uma única mala cada vez que muda de endereço.

Amanhã, 16 de dezembro, ela fará trinta, e minha mãe teria impossíveis cento e vinte e dois anos. Por alguma razão não muito clara, ela associa a bisavó e eu, a avó, à sensação de angústia que se insinua já de véspera em todos os aniversários. Era inevitável que eu me entristecesse lembrando de minha mãe nesses dias, e, quem sabe, talvez por isso ela se esquive, constrangida, dizendo não para os amigos que querem comemorar a data com música, bebida e festa. É só mais um dia, ela diz, mas acaba aceitando o convite do irmão para jantar no restaurante indiano. Festejariam a nova idade à meia-noite, só os dois.

Ainda é cedo, e depois do banho ela abre a gaveta do gabinete e senta-se no chão do banheiro para cortar as unhas amolecidas em água quente. Em seguida, aciona o aparelho detector e contorna o hálux do pé esquerdo descolando a cutícula acumulada na superfície da pele com facilidade. Não precisa do visualizador de calosidades, conhece o esconderijo da dor, o mesmo ponto que sempre incomoda, às vezes até durante o sono, os pés fugindo do contato com o lençol. Com o bisturi largo, busca a pele dura, que resiste, incrustada sob a unha, e retira a primeira camada. Ainda dói, e, mesmo sem ter certeza se a dor é provocada pelo ferimento ou por algum resquício de pele que não conseguiu retirar, esteriliza a cureta, volta a escavar, raspa, avança e só para quando o sangue tinge a pele. Levanta do chão, faz um curativo e se apronta. Felizmente é verão, o dedo inflamado vai descansar nas sandálias.

Tem algum tempo até o jantar, então resolve organizar seus arquivos com centenas de imagens guardadas em diferentes dispositivos. Em um deles, reencontra a mãe e se reconhece na piscada que move a imagem. Sente saudade, e de repente o desejo de comemorar o aniversário com a família a leva a outros arquivos. Passeia pela meninice do pai, acompanha as viagens dele pelo mundo, revê a vida que guardei observando o avô e eu num dia de sol na praia, e depois pela casa onde ela corria quando pequena. Passa muito tempo observando a bisavó nas poucas fotos que restaram, minha mãe ainda criança numa infância em branco e preto. Feliz aniversário, diz para ela e para si mesma. Com as técnicas que domina, brinca de misturar cenas e coloca rostos e corpos em movimentos aleatórios, holografias que simulam um passado tridimensional criando instantes que talvez não tenham existido. Como este em que estamos agora, eu e minha mãe, fantasmagóricas, sorrindo para a neta e bisneta, que ainda não nasceu.

Um dia

Eles têm todo o tempo do mundo. Pastam tranquilos. A matriarca arranca folhas das árvores altas, os mais jovens mascam a relva fresca apreciando cada bocado. O prazer é visível: às vezes até fecham os olhos, concentrados nos movimentos de suas mandíbulas, e parecem estar experimentando mais do que simples satisfação, como se o alimento acendesse uma memória milenar que faz seus corpos vibrarem involuntariamente. Não têm consciência (ou a compreensão que, um dia, os homens chamaram de consciência) de que outros como eles já estiveram ali há milhões de anos nem de que carregam informação genética desses ancestrais. Guiam-se pelo mesmo instinto, repetem gestos imobilizados por séculos sob o gelo e a terra e, agora, como antes, movem-se devagar, pastam e se banham nos lagos, desfrutando da manhã luminosa da estepe envolvida pelo ar puro. Se o cenário muda, deslocam-se por centenas de quilômetros até novamente encontrar água e comida.

Híbridos redesenhados ao longo de centenas de gerações, os mamofantes parecem-se cada vez mais com seus antepassados, as presas gigantescas emoldurando o céu em curvas perfeitas, o manto de lã cobrindo a barriga e as laterais dos corpos maciços com dois, três, até cinco metros de altura. São belos e assustadores.

Convivem com preguiças-gigantes, onagros e não se intimidam diante dos grandes carnívoros. São pacíficos, mas não gostam de intrusos. E é por isso que a matriarca ergue a cabeça abobadada ao avistar um estranho invadindo seu território. No mesmo instante se afasta do grupo e avança. Folhas se desprendem das árvores, o solo treme emulando um terremoto sob o impacto das passadas poderosas que se detêm a poucos centímetros de um jovem rinoceronte-lanudo. O focinho sujo de musgo e líquens o denuncia quando ele levanta a cabeça submersa pela corcova. Ameaçadora, a matriarca ergue a tromba; e o rinoceronte, quem sabe desgarrado da mãe, recua intimidado. Mas, assim que a criatura se distancia, ele para e volta a cavoucar com o chifre entre os galhos. Está faminto e o pasto é abundante.

A pradaria floresce adubada pelos excrementos de seus habitantes; nas orlas dos glaciares, há alimento para todos, variedade de gramas, ervas, brotos, juncos, cascas de árvores, um mar de musgo que é pisoteado a cada minuto, empurrando para as profundezas do solo os gases que por décadas ameaçaram o planeta. Mas os mamofantes não sabem nada sobre isso. Não sabem que um dia foram mamutes, que também pastavam na tundra, alheios ao tempo do mundo, belos e assustadores como o futuro pode ser.

O percurso dos mamutes

Muitas obras e artigos me acompanharam durante a escrita deste livro. Listo aqui todos os que foram citados diretamente no texto. Estes, e também os outros que fazem parte de um referencial mais amplo, me serviram de guia, apontaram caminhos, inspirando ideias e me ensinando sobre o tempo.

Adriana Lisboa, *Todo o tempo que existe*. Relicário, 2022.

Aixa de la Cruz, *Mudar de ideia*. Tradução de Letícia Mei. Âyiné, 2022.

Aristóteles citado em Jacques André, "O acontecimento e a temporalidade: o après-coup no tratamento". *Ide*, 2008.

Carlo Rovelli, *A ordem do tempo*. Tradução de Silvana Cobucci. Objetiva, 2018.

Carlos Drummond de Andrade, "Para sempre", *Nova reunião: 23 livros de poesia*. Companhia das Letras, 2015.

Clarice Lispector, *O lustre*. Nova Fronteira, 2021.

Contardo Calligaris, "Pentimentos". *Folha de S.Paulo*, 8 de dezembro de 2011.

Danielle e Olivier Föllmi, *Offrandes*. Éditions de La Martinière, 2003.

Ella Frances Sanders, *Lost in Translation: um compêndio ilustrado de palavras intraduzíveis*. Tradução de Livia Deorsola. Livros da Raposa Vermelha, 2018.

Elvira Vigna. *Folha de S.Paulo*, 22 de fevereiro de 1997.

Emanuele Trevi, *Duas vidas*. Tradução de Davi Pessoa. Âyiné, 2022.

Federico Falco, *Planícies*. Tradução de Sérgio Karam. Autêntica Contemporânea, 2022.

Fernando Pessoa, *Livro do desassossego*. Global, 2015.

Helena Zelic, *A libertação de Laura*. Macondo, 2021.

Jamaica Kincaid, *A autobiografia da minha mãe*. Tradução de Débora Landsberg. Alfaguara, 2020.

Julio Cortázar, *Histórias de cronópios e de famas*. Tradução de Gloria Rodríguez. Civilização Brasileira, 1977.

Laura Wittner, "Domingo ao meio-dia", *Tradução da estrada*. Tradução de Estela Rosa e Luciana Di Leone. Círculo de poemas, 2023.

Margaret Atwood, *A tenda*. Tradução de Lea Viveiros de Castro. Rocco, 2006.

Milan Kundera, *A imortalidade*. Tradução de Teresa Bulhões Carvalho da Fonseca e Anna Lucia Moojen de Andrada. Companhia das Letras, 2023.

Roberto Ribeiro, "Santa Clara Clareou". RCA Victor, 1976.

Santo Agostinho, *Confissões*. Tradução de Márcio Meirelles Gouvêa Júnior. Autêntica, 2023.

Wisława Szymborska, "Feira dos milagres", *Um amor feliz*. Tradução de Regina Przybycien. Companhia das Letras, 2016.

Agradecimentos

Às queridas editoras Rafaela Lamas e Ana Elisa Ribeiro, e a toda equipe da Autêntica Contemporânea, pela parceria e cuidado com este livro. À Lucia Riff e à Eugênia Ribas-Vieira, pelo apoio e carinho em todos os momentos. Às fabulosas amigas do Senta&Escreve, que acompanharam a longa jornada destes mamutes: Gabriela Aguerre, Isabela Noronha, Márcia Fortunato, Claudia Abeling, Deborah Brum, Livia Lakomy, Ingrid Fagundez, Ananda Rubinstein, Malu Corrêa, Tatiana Eskenazi, Claudia Castanho e Marina Lupinetti. Ao Roberto Taddei, pelas sugestões preciosas. À Natalia Timerman e sua leitura sensível, que me emocionou profundamente. Aos amigos incentivadores Natan Bergstein e Eduardo Muylaert, e ao biólogo Edgar Blois Crispino, que viajou comigo para o futuro. À Heidi Tabacof, pela escuta atenta. E à Janette, ao Antonio, ao Dudu e ao Caio, amores de todos os tempos.

Este livro foi composto com tipografia Adobe Garamond Pro e
impresso em papel Off-White 80 g/m² na Formato Artes Gráficas.